# 献给

为共建“一带一路”，推进国际科技合作，

增进人类共同福祉而努力的人们。

Pedro's China Story

# 裴德乐的中国故事

李文远　谭　楷 / 编著

权　凌　陈苗苗　王晓刚 / 参与编写

电子科技大学出版社
University of Electronic Science and Technology of China Press
·成都·

图书在版编目（CIP）数据

裴德乐的中国故事 / 李文远， 谭楷编著. --成都：成都电子科大出版社， 2025. 1. --ISBN 978-7-5770-1221-6

Ⅰ. K837.516.15

中国国家版本馆CIP数据核字第2024LM7060号

裴德乐的中国故事

PEI DELE DE ZHONGGUO GUSHI

李文远　谭　楷 / 编著

出品人　田　江
出版统筹　饶　永　杜　倩
策划编辑　段　勇　岳　慧　韩　昊
责任编辑　岳　慧　段　勇
助理编辑　杨梦婷　刘亚莉　魏祥林
责任校对　陈姝芳
责任印制　梁　硕

出版发行　电子科技大学出版社
成都市一环路东一段159号电子信息产业大厦九楼　邮编 610051
主　页　www.uestcp.com.cn
服务电话　028-83203399
邮购电话　028-83201495

印　刷　成都市东辰印艺科技有限公司
成品尺寸　170 mm×240 mm
印　张　15
字　数　180千字
版　次　2025年1月第1版
印　次　2025年1月第1次印刷
书　号　ISBN 978-7-5770-1221-6
定　价　78.00元

# PEDRO 裴德乐

裴德乐(Pedro Antonio Valdes Sosa),生于1950年,古巴著名脑科学家,电子科技大学生命科学与技术学院教授。2015年入选中国国家级人才引进计划,正式加入电子科技大学。2016年获四川省“天府友谊奖”。2017年获“中国政府友谊奖”。2024年获“中华人民共和国国际科学技术合作奖”。曾任古巴神经科学中心(CNEURO)副主任、高级研究员,哈瓦那高级医学研究所高级教授,现任电子科技大学神经信息学特聘教授,麦吉尔大学精神病学兼职教授,古巴科学院名誉院士,拉丁美洲科学院院士,获古巴最高科学成就奖“Orden Carlos J.Finlay”(卡洛斯·J.芬莱勋章)。

裴德乐长期致力于脑电图(EEG)和磁共振(MRI)理论和方法的研究,在多导联电生理分布源成像、Granger因果连接分析、神经集群数学模型和EEG-fMRI融合技术等领域取得多项国际公认的原创性成果,作出了国际性贡献。在国际刊物上发表学术论文190余篇,参与出版著作30余部,拥有国际专利5项。他积极推动古巴、中国、加拿大联合启动脑科学合作计划(“CCC”国际脑合作计划),促进世界各地科学家合作共享大脑数据与信息,以期为脑部疾病寻找更多治疗方案,努力为全人类的脑科学研究贡献智慧和力量。

2023年9月,裴德乐致信国家主席习近平,介绍其所率领的团队在华推动脑科学研究和中古神经技术合作取得的成果,表示愿意继续为促进中古友好,为“一带一路”倡议在全球更大范围落地贡献力量。同年10月,裴德乐收到习近平主席的重要回信。

# 习近平复信古巴科学家裴德乐

2023年10月31日，国家主席习近平复信古巴著名科学家裴德乐。

习近平指出，你长期致力于增进古巴同中国的特殊友好关系，积极推动中外科研合作，取得多项突破性进展，我向你和你率领的团队表示祝贺。

习近平强调，国际科技合作是大趋势。各国需要通过科技创新共同促进人类和平与发展事业。今年是我提出“一带一路”倡议十周年。这个倡议的根本出发点和落脚点，就是探索远亲近邻共同发展的新办法，开拓造福各国、惠及世界的“幸福路”。十年来，中方同共建国家加快科技交流和知识分享，不断优化创新环境、集聚创新资源，科技创新合作加快推进，成效显著。

习近平指出，中古老一辈领导人共同缔造的传统友谊茁壮成长，不断结出累累硕果。去年以来，双方又就携手共建中古命运共同体达成重要共识。我衷心希望，新时期中古包括科技在内的各领域合作不断深化，更好造福两国人民。

资料来源：新华社

Foreword

# 序　　言

人的大脑大概有 1 000 亿个神经元，与银河系中恒星的数量相当。人类大脑是宇宙中最复杂的物体，理解它的结构和工作原理，是生命科学本世纪最重要的前沿领域之一。来自古巴的科学家——裴德乐教授，正是揭示大脑奥秘的探索者。

裴德乐教授出生在一个学术家庭，在家庭的熏陶下对科学产生了浓厚的兴趣，童年时期就在自己的小实验室里用显微镜窥探“草履虫”的隐秘生活。14 岁时，他被选入医学预科学校学习，并对研究大脑产生了浓厚的兴趣；27 岁时，他参与研究的论文成果登上 Science 正刊；40 岁时，他成为拉丁美洲科学院院士。

呈现在读者面前的这本书，完整地展示了裴德乐跌宕起伏的传奇人生，能够让我们直观地感受科学家在上下求索的过程中如何勇毅前行。正所谓“踏平坎坷成大道，斗罢艰险又出发”。他的一生，正好印证了马克思的那句名言：“在科学上没有平坦的大道，只有不畏劳苦沿着陡峭山路攀登的人，才有希望达到光辉的顶点。”这本书让我们在引人入胜的故事中走近了一位科学家的心灵世界，感悟科学家的人文精神和使命情怀。

裴德乐的父亲是古巴有名的医生，经常免费为穷人治病。10 岁时，裴德乐就阅读了白求恩的故事，深受感染。正因如此，当他回忆起自己选择从医的心路历程时，他说："父亲对医学的热爱所留下的精神遗产成为我自己的追求。我们都怀着强烈的使命感，那就是我们不仅仅是为了成为医生而学习，还要为解决古巴长期缺乏医疗保健的问题努力奋斗！"如今，他虽然没有成为医生，但是在探索脑科学的道路上，他一直坚持着为了人民的健康事业奋斗不息的初心梦想。

他和双胞胎弟弟共同创立了古巴神经科学中心，曾研发出一款筛查新生儿听力的系统，被古巴卫生部在全国范围内推广应用。此后，他们又研发了许多产品，在包括古巴在内的许多拉丁美洲国家推广应用，为人民健康事业带来了积极影响。他长期研究营养不良对儿童大脑发育的影响，获得了迄今为止最好的、最长期的临床和神经生理学数据库。他努力开发用于大规模评估营养不良儿童大脑功能的神经成像筛查工具，为制定有效的公共卫生政策提供了宝贵的科学依据。他还通过世界卫生组织和国际学术会议，呼吁全球加强对儿童营养不良问题的关注，促使社会各方共同为改善儿童营养状况而努力。

他领导科研团队绘制出了反映人类大脑发育衰老过程的脑电图图谱，构造出一个稳健且实用性强的定量脑电常模，被全球大脑联盟（GBC）列为脑疾病临床诊断指南。随着人口老龄化的到来，他又密切关注阿尔茨海默病研究，并持续探索脑老化机制，努力为解决这一问题贡献自己的智慧。脑电技术具有检测脑功能的独特性、操作层面的无创性和生态性，以及产业应用层面的低成本性等一系列优势，对于中低收入国家以及发达国家的中低收入人口来说，都是一种普惠性的技术手段。但是，即便如此，脑电技术也不可能凭空变成惠及大众的雨露甘霖——它需要世界上更多的科学家一起携手努力。

正因如此，他一直努力推动国际科技合作，尤其是积极推动了中国、加拿大、古巴联合启动了脑科学合作计划（CCC 计划），促进世界各地科学家合作共享大脑数据与信息，为脑部疾病寻找更多治疗方案。在该计划的支持下，电子科技大学、加拿大麦吉尔大学和古巴神经科学中心联合攻关近 10 年，开发了国际“云脑”合作共享平台——WeBrain，实现了脑电数据、工具和算力的全网络共享，同时整合了国内外主流脑电分析软件，积累了 30 多个数据集、上万例脑电数据，吸引了国内外 200 余家用户，并入选“国家自然科学基金资助项目优秀成果”和“一带一路”国际科技交流大会的“‘一带一路’”倡议提出 10 周年科技创新合作成果案例”。

2023 年是习近平主席提出“一带一路”倡议十周年。裴德乐怀着激动的心情致信习近平主席，介绍了他扎根电子科技大学，率领团队推动脑科学研究和中古神经技术合作取得的成果，表示将继续促进中古友好，为“一带一路”倡议在全球更大范围落地贡献力量。

习近平主席很快作出了回复，并在给裴德乐的复信中指出，国际科技合作是大趋势。各国需要通过科技创新共同促进人类和平与发展事业。

多年来，裴德乐一直是“一带一路”倡议的践行者。他始终以服务全人类为自己的使命，并期待有更多科学家加入这份光荣的事业。科学家是分布于各个领域的，只有紧密联系、共同合作，才能为解决人类共同面临的挑战作出更大的贡献，而共建“一带一路”正是加强各国联系并促进各国自强发展的重要途径。

正所谓“志合者，不以山海为远”，我们希望裴德乐的故事，能让读者感受到脑科学的魅力，也能读出科学家的精神，更能感受到国际科技合作的大势，共同为了人类的进步和福祉贡献力量！

蒲慕明

2024年10月

# 目录 CONTENTS

## 第一章 初心向往 PART 1



## 第二章 从梦想少年到脑科学家 PART 2



## 第三章 立志大家 PART 3



## 第四章 志合者，不以山海为远 PART 4

## 第五章 来了就不想走 PART 5



## 第六章 老教授和他的“小朋友” PART 6



## 第七章 向共同的理想进军 PART 7

裴德乐的
中国故事
Pedro's
China Story

第一章
PART 1

# 初心向往

# 全家逃离美国

1961 年，在美国，一位病人悄悄告诉裴德乐·瓦尔德斯·维沃医生一个惊人的消息："FBI（美国联邦调查局）马上要来抓你了！他们将你视为'眼中钉'，对你恨之入骨。逮捕令很快就要执行了。你赶快跑吧，越快越好！"

裴德乐·瓦尔德斯·维沃居住在美国，他是来自古巴共和国（简称"古巴"）的医生。他不仅医术高明，还乐于助人，经常免费诊治穷困的患者，在当地有着很好的口碑。作为一个共产主义者，他从不隐瞒自己的政治观点，不仅公开表示支持古巴革命，尽力资助不少流亡美国的革命者，还在自己的诊所里悬挂着菲德尔·卡斯特罗的照片。

1959 年 1 月 1 日，古巴革命胜利，举国欢庆。1961 年 4 月，发生了震惊世界的吉隆滩战役（美国称为猪湾事件）。吉隆滩战役是古巴历史上的关键事件，它挫败了美国干涉古巴革命的企图，巩固了古巴的新政权，也直接促成了古巴革命政权向社会主义的转变。

从裴德乐·瓦尔德斯·维沃医生的诊所一直到他回家的路上，处处都洋溢着胜利的欢呼声、爽朗的大笑声。甚至连裴德乐·瓦尔德斯·维沃医生的孩子，都在学校里欢呼："我们胜利了！"这种欢庆胜利的喜悦之情却让校方惶恐不安。监视裴德乐·瓦尔德斯·维沃的特工们一个个咬牙切齿，要不是忌惮这位医生名气很大，又深得人心，他们早就下手抓人了。而现在，FBI 终于决定要动手了——随便罗织一下，都能给他安个罪名，让他长期待在监狱里。

1961 年 5 月初的一个清晨，裴德乐·瓦尔德斯·维沃医生一家开着车，离家而去。邻居们只知道医生全家要出去旅行。

他们的车沿着密歇根湖畔北行，很快穿过边境进入加拿大，直奔尼亚加拉地区。

大瀑布的吼声震天动地，仿佛在向他们呼喊着："欢迎，欢迎！"

裴德乐·瓦尔德斯·维沃医生和他的妻子大大地松了一口气，转过头来看看三个孩子——夫妻俩怕走漏风声，一直瞒着孩子，没有透露此行的目的。没想到，聪明的孩子们早已猜到了爸爸妈妈的"行动计划"，直截了当地问道："这么说来，现在警察抓不到我们了？"

一家人哈哈大笑。

裴德乐·瓦尔德斯·维沃医生深知，加拿大也不可久留。一家人在加拿大待了好几个星期，试图找到能够安全回到古巴的途径。

最后，裴德乐·瓦尔德斯·维沃医生找到了一名私人飞机的飞行员，他正准备将一批卖给养鸡场的鸡仔运送到哈瓦那。经过一番讨价还价，在支付一大笔钱后，医生一家人坐在了飞机后面空余的座位上。飞机前排的座位被拆掉了，整个机舱塞满了装鸡仔的箱子。在飞行过程中，孩子们还和跑出来的鸡仔一起玩儿，玩儿够了，就把毛茸茸的鸡仔送回箱子里。

裴德乐·瓦尔德斯·维沃医生的心情很紧张。他深知，FBI 如果察觉到准备逮捕的人竟然携带家人逃离了美国，将会采取怎样的行动。

飞机在气流云浪中颠簸，正像裴德乐·瓦尔德斯·维沃医生跌宕起伏的人生轨迹。

裴德乐·瓦尔德斯·维沃和他的妻子爱娃·安卡娜颂·索萨·凯萨诺娃都是坚定的共产主义者。裴德乐·瓦尔德斯·维沃出生于古巴的比那尔德里奥——那里距离古巴首都哈瓦那有 160 多千米，以历史悠久的烟草业和享誉世界的雪茄而被世人熟知。

裴德乐·瓦尔德斯·维沃曾在哈瓦那大学攻读医学专业。毕业后，他心怀美好理想，于 1948 年进入哈瓦那的医院工作，成为一名医生。然而，当时古巴医疗行业的状况却让这位年轻的医生感到非常沮丧，而整个国家的局势，更让他感到深深的绝望。

哈瓦那大学掠影

当时，古巴鲁本·富尔亨西奥·巴蒂斯塔·萨尔迪瓦实施黑暗的独裁统治，国家的经济命脉被美国资本垄断，银行和金融业也基本上操纵在美国资本手中。

古巴地处热带，虽然物产丰富，土地肥沃，人民却生活在贫困中。古巴当时的医疗资源分配严重不均，广大农村地区普遍缺医少药。这让裴德乐·瓦尔德斯·维沃为病人，尤其是为贫苦病人深深地担忧。

有一次，裴德乐·瓦尔德斯·维沃想分给贫苦病人一些药品，被医院的负责人粗鲁地制止说："不行！药不能给他们用！"这让裴德乐·瓦尔德斯·维沃十分愤怒，他无法认同医院这种把病人分为三六九等的做法。一场大吵之后，裴德乐·瓦尔德斯·维沃不仅被医院开除，还被医院负责人威胁："小子，你以后也别想在古巴找到工作了！"

理想的幻灭和现实的打击，让裴德乐·瓦尔德斯·维沃失去了立足之地，这促使他离开了古巴。

1948 年，裴德乐·瓦尔德斯·维沃获得了一项工作奖学金项目的支持，前往美国芝加哥学习，同时开始了他在美国的从医生涯。他勤奋学习，医术不断精进，家庭生活条件也很快得到了改善。尽管如此，他并没有忘记自己的初心，一直尽力为穷人治病。他的善举，吸引了越来越多的穷人前来求助。

在美国生活的 13 年里，裴德乐·瓦尔德斯·维沃医生养育了 3 个儿子。老大便是后来与中国科学家亲密合作，并取得卓越成就的古巴著名科学家裴德乐。

裴德乐至今还记得，父亲晚年，已经是古巴著名医生的他，依然经常在深夜去他指导的医院查看病人的身体状况。父亲一生获

1946年，裴德乐父母在哈瓦那大学求学

得了许多荣誉，更可贵的是，他赢得了古巴人民的爱戴。父亲逝世之后，他的老战友和同事，还有普通的工人、农民、渔民等他曾全心全意为之服务的群众都自发前来参加他的葬礼，对胸怀大爱的医者表示由衷的感谢和深切缅怀。

裴德乐的母亲是一位语言教师。她和裴德乐的父亲一样坚定地反抗压迫，努力为穷苦大众谋幸福。她后来成为古巴一所语言大学的校长，深受师生爱戴，也与中国建立起了持久的联系。

古巴是第一个与中华人民共和国建交的拉美国家。1960 年 9 月 28 日，中古两国政府发表联合公报，两国正式建立外交关系。20 世纪 60 年代，古巴为中国培养了 100 多名西班牙语留学生，并派出了多名西班牙语专家来华工作。 裴德乐的母亲曾为首批来到古巴的中国外交官教授过西班牙语。

许多年以后，当裴德乐的弟弟、古巴科学院院士米切尔来中国访问时，碰到过一位十分出色的西班牙语翻译。米切尔询问这位翻译人员在哪里学的西班牙语，这位翻译说：“是在古巴，爱娃·索萨·凯萨诺娃老师教我的！”米切尔惊讶地说：“您说的是爱娃·安卡娜公颂·索萨·凯萨诺娃？她是我的母亲！”

每当回忆起自己的父母，裴德乐的眼中满是深情：“我 6 岁的时候，父母就告诉我和我的双胞胎弟弟米切尔，个人的使命就是要服务全人类！”

虽然，年幼的裴德乐那时还不懂得什么是“服务全人类”，但是父母用自己的行动对此作了最好的诠释。

飞机还在持续飞行，机翼下，是广袤的北美大地。也就是说，飞机还在美国上空飞行。

飞行员警告医生一家，如果地面的导航站发出通知，不管出自什么原因不得不降落，你们都不能发出任何声音，因为这一次旅行是严重违法的。

经过近 6 个小时的飞行，他们一家终于看见了深蓝色的加勒比海。在强烈的阳光下，海面闪烁着耀眼的光芒。古巴越来越近了，机舱内，充满了欢笑声。

飞机终于降落在哈瓦那机场。一打开舱门，那热气腾腾的海风夹杂着热气腾腾的革命歌曲扑面而来。全家人第一次完整地听到了《七二六颂歌》，那铿锵有力的节奏，让大家激动不已：

我们朝着一个理想进军，
胜利一定属于我们！
为了和平，为了繁荣，
也为了自由，我们一起斗争！
…………

# 生于革命医生家庭

提起古巴，中国人并不陌生。

风烛残年的古巴老渔夫圣地亚哥，在茫茫大海上漂泊了 80 多天也没捕到一条鱼。眼看快要饿死在孤独的渔船上，他也没有退缩。

终于他捉到一条硕大的大马林鱼。但凶猛的大鱼不甘就此就擒，拖着圣地亚哥和他的小船游向深海。他奋力搏斗两天两夜杀死了它，将大鱼系在船尾返航。

可是他拖回港口的只是一副鱼骨架，原来，一群凶恶的鲨鱼一直尾随圣地亚哥的小船，直到啃光大鱼才离去。

残酷的现实给予老人沉重打击，他回到小屋躺下，过去的美好岁月却浮现在眼前。

圣地亚哥又出海了。如果再有这样的结局，老人仍然无怨无悔……

这是美国作家海明威的小说《老人与海》讲述的悲壮故事。人们看到的不是一个风烛残年的老人的失败，而是一位顶天立地的男子汉，感受到的是人类不屈不挠与命运抗争的精神。

这部文学名著问世以来，一直激励着无数与命运抗争的人。“一个人可以被毁灭，但是不能被打败”，书中的这句名言，无数中国读者耳熟能详。

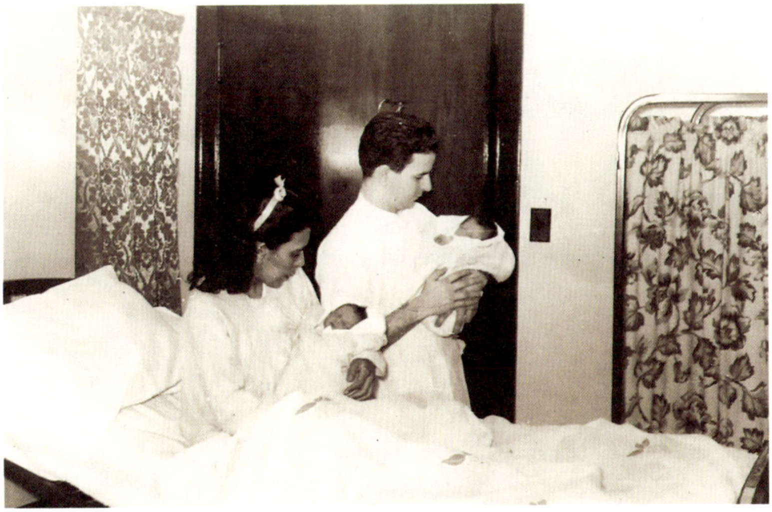

1950年3月12日，裴德乐兄弟俩在美国芝加哥出生

1950 年 3 月 12 日，一对古巴双胞胎兄弟在芝加哥库克县挪威裔美国人的医院呱呱坠地。他们是早产儿，羸弱娇小，他们的母亲甚至觉得，简直可以把这两个小不点塞进鞋盒里。

哥哥叫裴德乐·安东尼奥·瓦尔德斯·索萨，弟弟叫裴德乐·安东尼奥·瓦尔德斯·米切尔。他们太弱小了，即使在医学发达的美国，当时的医疗条件也不能保证这对早产双胞胎能够存活。

1951年3月，年幼的裴德乐兄弟

幸好他们的父亲是一位杰出的医生，他的妇产科知识拯救了兄弟俩。母亲对儿子们的挚爱、无微不至的照顾也感动了护士，

1955年7月，裴德乐一家

大家全力以赴，帮助兄弟俩顺利渡过了人生的第一道难关，活了下来。

裴德乐八岁那年冬天，父亲裴德乐·瓦尔德斯·维沃带着一家人开车从冰天雪地的芝加哥出发南下，前往温暖如春的迈阿密。他们将在美国最南端的岛城基韦斯特登船，返回故乡古巴探亲。

这段从北到南的旅程十分漫长，沿途经过山脉、森林、湖泊、荒原，风景美不胜收。但他们上路后不久，就遇上了暴风雪。

汽车穿过人烟稀少的雪原，在深深的积雪中缓慢而艰难地爬行。

突然，一头棕熊从森林里蹿出来，奔上公路，拦在车头前。它拖着身子缓缓走过来，趴在一家人的车窗上，朝里望了望，又走开了。

裴德乐有生以来头一次在野外见到如此庞大的野兽，距离又是那样近，他十分好奇，兴趣盎然地把头凑近车窗玻璃，仔细观察这头巨兽。

棕熊呼呼喘着粗气，它那湿漉漉的熊鼻子紧贴在挡风玻璃上，喷出的白色蒸汽旋即凝成冰霜。裴德乐猛然觉得，这跟人类何其相似！

他的小脑袋瓜飞快闪过一个奇妙的问题——此时此刻，这头棕熊的脑子里在想些什么呢？它不是一棵树，它会思考，而且肯定有它自己的思考方式，这跟我们人类有什么相似之处，又有什么不同？

此时的裴德乐还是小学生，他当然不会预料到，自己今后将用毕生精力，去解答这类有关大脑的问题。

棕熊离开后，父亲继续驱车赶路。

从 16 岁开始，裴德乐迈进了科学的神圣殿堂，脑科学成为他一生为之奋斗的事业。也许这次遇险，就是启蒙。

## 童年，动荡岁月

裴德乐的祖国古巴，位于南美洲加勒比海西北部，主岛古巴岛是西印度群岛中最大的岛屿。古巴景色优美，物产丰富，人民热情奔放、载歌载舞，到处洋溢着风格独特的拉美文化风情，享誉全球。

一首带有本地风格的古老诗歌，这样描述古巴民风：

时间是用来流浪的，
身躯是用来相爱的，
生命是用来遗忘的，
而灵魂，是用来歌唱的
…………

古巴在1492年被哥伦布发现，这位伟大的探险家一登上这座美丽的岛屿，便情不自禁惊呼：这里的美妙无与伦比，简直就是人间天堂！

随之而来的西班牙殖民者用杀戮和奴役把这个美丽天堂变成了人间地狱。虽然很多古巴人具有西班牙血统，但他们强烈希望摆脱这种暴虐的殖民统治。在丛林中，在高山上，在一切可以战斗的地方，古巴人民开展了艰苦卓绝的武装斗争。

拉美各国纷纷支援古巴的独立革命，很多志愿者加入了古巴解放军，然而他们举行的武装起义均以失败而告终。

经过坚持不懈的奋斗，古巴终于在1902年获得独立，古巴共和国宣告成立。

动荡的岁月使古巴成为革命思想的摇篮。裴德乐的父亲裴德乐·瓦尔德斯·维沃早年在哈瓦那大学读书时，就是古巴左翼人民社会党的热心成员，并担任反对帝国主义的学生组织“青年雅典人运动”的书记，同时他又是“反法西斯大学阵线”的成员。1965年，古巴共产党成立，裴德乐的父母也加入成为终身党员。

裴德乐的叔叔劳尔·巴尔德斯·瓦尔德斯·维沃是古巴共产主义青年联盟总书记，菲德尔·卡斯特罗是他的大学同学，两人关系十分密切，他们都是国际共产主义运动的积极参与者。在这样的家庭环境中长大，裴德乐兄弟很自然地从小就受到共产主义理想的熏陶。

童年时期的裴德乐兄弟生活在父母的温馨关爱中。为了确保两个孩子能健康成长，裴德乐·瓦尔德斯·维沃对裴德乐兄弟的健康一丝不苟，为他们制定了严格的饮食规则，比如要求多喝牛奶，必须吃大量的蔬菜和水果，少吃脂肪含量高的肉类，这使他们能够健康成长，身体和智力都得到了良好发育。

裴德乐的父亲作为一名职业医生，携家人来到美国后，首先需要生存下去。裴德乐·瓦尔德斯·维沃必须接受严格的美式医学训练并且取得合格资质，才能在芝加哥行医。裴德乐至今记得，父亲特别挑选在寒冷的冬天坐在家门口的台阶上读书研习，用这种办法强迫自己不打瞌睡，以通过比严冬更可怕的医学考试。

裴德乐·瓦尔德斯·维沃刻苦钻研医学，医术突飞猛进，逐渐成为芝加哥的一位著名医生，一家人的经济状况也由此得到改善，他们搬到了更好的社区。

尽管如此，这个家庭并没有失去崇高理想。裴德乐·瓦尔德斯·维沃经常免费给穷人治病，但只向那些负担得起诊疗费用的人收费。于是，前来找裴德乐·瓦尔德斯·维沃医生免费看病的穷人越来越多，家里的经济压力逐年增大，妻子想替丈夫买一件体面的新衣服，也要斟酌再三。

引导裴德乐走上科学之路并终生为之奋斗的，并不仅仅是科学本身，还有如火如荼的革命风潮与社会斗争。在回忆自己的少年时代时，裴德乐说：“对强权的反抗塑造了我的生活，激发起我对科学的热情。”

在故乡古巴，如狼似虎的西班牙殖民者被赶走后不久，又来了一个更为凶残的统治者。陆军参谋长巴蒂斯塔发动政变，于 1940 年当上古巴总统，他一上台便废除了民主宪政，实行军事独裁，禁止罢工和群众集会，数万反对者或被杀害，或遭监禁、流放，十多万古巴人流亡他国，上百万人失业。

巴蒂斯塔的独裁暴政激发起古巴人民的强烈反抗，共产主义者菲德尔·卡斯特罗兄弟领导古巴人民开始武装斗争。他们与“拉美游击战理论”的创始人、阿根廷青年医生切·格瓦拉领导的丛林游击队结盟，于 1953 年 7 月 26 日发动起义，由此揭开了古巴人民反对独裁专制、武装夺取政权的革命序幕。1955 年，菲德尔·卡斯特罗在墨西哥成立了以起义日命名的革命组织“七二六运动”小组，领导古巴人民进行反独裁斗争。

裴德乐的父母都积极参加了革命，在那段艰难而恐怖的岁月里，他家成了古巴革命者在芝加哥的聚集地和避难所。裴德乐·瓦尔德斯·维沃担任了营救小组的“财务官”，四处奔走，为革命运动筹集资金；裴德乐的母亲带着一家人节衣缩食，也捐出了大量个人资财。裴德乐兄弟俩在很小的时候，就在父母的鼓励下走上街头为革命运动募捐，与爸爸妈妈一道庇护流亡到美国的古巴革命者。在这个过程中他们遇到了一些很了不起，也很有趣的杰出人物。

有一天，一位革命者来到裴德乐家避难，裴德乐·瓦尔德斯·维沃见他衣衫褴褛，破得不能再破，就将一套妻子刚买的，他自己也舍不得穿的新衣服，送给了这位避难者，而这位革命者最后成为社会主义古巴的领导人之一。

拉美的传奇革命家切·格瓦拉，也与裴德乐·瓦尔德斯·维沃一家颇有缘分，他组建的“反抗之声”广播电台，其中很多节目都是在裴德乐家里录制并传播出去的。

裴德乐家里的阁楼既隐蔽又安全。有一天，父亲告知孩子们刚从前线下来的革命者即将秘密到访。

门被敲了几下，与暗号一致，阁楼房门被轻轻打开，裴德乐愣住了——眼前哪有想象中的男子汉，开门的是一位神色紧张的女士，她显得疲惫不堪，看上去还有几分羸弱。

当她看清面前是一个满脸稚气的小男孩时，顿时泪流满面。她伸开双手紧紧拥抱裴德乐，哽咽着连声说 :“孩子，我的好孩子！”

这位女士就是古巴著名女英雄艾蒂·桑塔马里亚，她在反对巴蒂斯塔独裁统治和塑造革命后的古巴中发挥了关键作用。她于 1923 年 12 月 31 日出生于比亚克拉拉省的一个普通家庭，年轻时就开始了政治活动。1953 年 7 月 26 日，艾蒂·桑塔马里亚参与了菲德尔·卡斯特罗组织的圣地亚哥蒙卡达兵营袭击。袭击失败，许多叛乱者被杀或被捕。艾蒂·桑塔马里亚与其他幸存者一起被捕，其中包括她的兄长阿韦尔·桑塔马里亚和未婚夫鲍里斯·路易斯·桑塔科洛马。在拘留期间，艾蒂·桑塔马里亚遭受了巴蒂斯塔部队的残酷折磨。士兵们为了逼供，向她展示了被挖去双眼的兄长和被残害的未婚夫的遗体，威胁她如果不透露运动的细节，就将遭受同样的命运。尽管面临如此可怕的心理和身体上的双重折磨，艾蒂·桑塔马里亚始终拒绝背叛革命，展现出非凡的勇气和坚韧。

1955 年，她在大赦中获释，与菲德尔·卡斯特罗一起流亡。到美国后，她继续不遗余力地为革命事业争取支持。她主要在迈阿密和纽约活动，在获取资源和建立支持网络方面起到了关键作用，还为在马埃斯特腊山区活动的革命者提供了很多帮助。

1959 年，古巴革命成功后，艾蒂·桑塔马里亚继续全心全意为国家服务。她成为古巴共产党中央委员会的成员，在政府内担任多个重要职位。值得一提的是，她还是促进拉丁美洲和加勒比地区的艺术、文化和学术交流机构“美洲之家”的创始人之一，并担任该机构的主任。 艾蒂·桑塔马里亚在古巴被视为对正义和革命理想坚定承诺的象征。她个人对革命事业的牺牲与贡献深刻影响了古巴历史的进程。她于 1980 年 7 月 28 日逝世，但她所创立的文化机构的发展以及她对社会正义与文化发展所起的推动作用，令她的精神永存，激励着古巴的新一代。

裴德乐兄弟离开美国后，才了解了她的传奇故事，他们惊于当初和自己热烈拥抱的竟是如此勇烈的战士。

裴德乐兄弟还听父母讲过古巴青年芭蕾舞蹈家艾丽西亚·阿隆索的故事。艾丽西亚·阿隆索在国际上享有盛名，她因坚定支持革命者而深受右翼人士仇恨，对她的生命造成了威胁。流亡美国的艾丽西亚·阿隆索也曾拜访过裴德乐家。这位美丽的年轻艺术家为革命矢志不渝，甚至不惜牺牲个人前途，即使再也不能登上芭蕾舞台了，也继续利用自己的声望寻求国际支持，助力古巴革命。

多么了不起的女性！多么伟大的榜样！

这是理想力量的垂范，这是精神种子的播撒。艾蒂·桑塔马里亚的勇敢、艾丽西亚·阿隆索的乐观，在裴德乐兄弟幼小的心灵中烙下了深刻的印记。

在袭击蒙卡达兵营后，菲德尔·卡斯特罗和战友被捕入狱，两年后获释，流亡墨西哥，但他们没有放弃推翻巴蒂斯塔独裁统治的计划。在墨西哥，“七二六运动”小组专注于游击战训练，并四处筹集资源，准备重返古巴。

1956 年 11 月 25 日，82 名革命者从墨西哥图斯潘港口乘坐“格拉玛号”启航，目标是在古巴登陆，发动全国起义。但由于天气特殊与船只超载等原因，一路的航行十分困难，他们于 12 月 2 日才在古巴东部的奥连特省（今格拉玛省）海岸登陆。

登陆后，由于行踪泄露，他们遭到巴蒂斯塔部队的伏击，大多数参与者被杀或被捕，只有菲德尔·卡斯特罗、劳尔·卡斯特罗、切·格瓦拉和卡米洛·西恩富戈斯等少数人逃入崎岖的马埃斯特腊山区。

随后，他们在山区建立了解放区，开始实施教育、医疗等社会援助项目，成功吸引了更多志愿者和国际媒体的关注，推动了革命的进展。

1958 年 12 月底，切·格瓦拉指挥的部队抵达古巴中部的重要城市圣克拉拉。面对巴蒂斯塔派来的满载士兵和武器的装甲列车，革命军利用推土机和炸药，推翻了列车，迫使巴蒂斯塔的士兵投降。这一胜利削弱了巴蒂斯塔的防御能力，成为革命的转折点。

巴蒂斯塔于 1959 年 1 月 1 日凌晨逃离古巴，带走了亲信和大量财富。他的离开标志着独裁统治的终结。由“七二六运动”小组领导的革命力量胜利进入哈瓦那，受到群众的热烈欢迎。

马埃斯特腊山区的武装斗争体现了古巴人民为主权、正义和尊严而战的精神，突出了在菲德尔·卡斯特罗的领导下，各界力量团结一致，推翻腐败压迫政权的决心。国际人士如切·格瓦拉的参与，反映了革命理想的国际吸引力。

新政权实现了社会和经济的根本变革，推行土地改革和发展工业的政治政纲，将美国公司和当地大、中资产阶级的财产收归国有，执行反对帝国主义干涉、维护国家独立的政策，完成了古巴的社会主义革命。这个美丽的北美岛国的历史，从此翻开了崭新的一页。

革命成功后，中国率先承认了古巴革命政府，社会主义古巴也是第一个同中华人民共和国建交的拉美国家。1960 年 9 月 2 日，在哈瓦那举行支持革命、反对外国侵略的古巴人民全国大会上，菲德

人民日报
RENMIN RIBAO

1960年9月
29

进一步发展两国兄弟人民间已有的友好合作关系

中国古巴发表建交联合公报

两国政府决定在尽可能短的时间内互换大使级外交代表

热烈祝贺中缅友好合作的胜利，祝贺和平共处五项原则的胜利

周总理盛宴欢迎缅甸贵宾

周总理说，中缅边界问题的解决为解决边界问题和国际间其他悬案树立成功榜样

吴努总理说，和平共处五项原则已为发展两国友谊提供新的更好的更稳固的基础

吴努总理率政府代

首都各界数十万人冒雨夹道

周恩来总理等国家领导人到

1960年9月29日，《人民日报》头版刊登了《中国古巴发表建交联合公报》

尔·卡斯特罗高声要求人民决定是否同中华人民共和国建立外交关系时，会场上无数手臂高举，大家声如雷鸣地高呼：“同意！同意！”

菲德尔·卡斯特罗转过身去，紧紧握住时任新华社驻古巴分社社长曾涛的手并高高举起，向全场民众介绍说：“你们看，中国的代表已经在这里了！”

全场掌声雷动，经久不息。

而彼时的美国，社会动荡不安，在这样的环境中，危险随时可能发生。

在一个飘着蒙蒙细雨的早晨，裴德乐兄弟俩披着雨衣走在上学的路上。就在离他们家不远的地方，黑帮枪手当街打死了一位银行家。

警察拉起黄色警戒线封锁了受害者所在的街区，被鲜血染红的雨水顺街而下，流到裴德乐兄弟俩的脚边。

糟糕的治安状况让父母时刻为裴德乐兄弟的安全担忧，禁止他们去人头攒动的溜冰场，不准他们到郊外白雪覆盖的森林中游玩。

稍有违背，兄弟俩就会遭到父母的严厉训斥。于是在大多数时间里，兄弟俩只能待在家里，图书成了他们最好的伙伴。

“塞翁失马，焉知非福”，裴德乐兄弟虽然失去了在户外尽情玩耍的快乐，却有了大把时间用来安静读书、沉思默想。

社会的动荡，家族对命运的不屈与反抗，构成了裴德乐童年生活的底色。在这种底色之下，他和弟弟米切尔，开始了不同凡响的人生之旅。

## 10岁，崇拜白求恩

多年后，裴德乐遇到了中国著名脑科学家尧德中。他们除了有着共同的专业，还有许多共同话题。有一次，说到了亨利·诺尔曼·白求恩，他们都兴奋起来。

裴德乐想不到这位中国挚友对白求恩如此熟悉！

尧德中告诉裴德乐：“在中国，白求恩这个光辉名字可谓家喻户晓，老少皆知。”“白求恩同志是加拿大共产党员，五十多岁了，为了帮助中国的抗日战争，受加拿大共产党和美国共产党的派遣，不远万里，来到中国。去年春上到延安，后来在五台山工作，不幸以身殉职……”这段话当年几乎每个中国人都会背诵。中国人民的伟大领袖毛泽东同志在这篇题为《纪念白求恩》的文章中，高度赞扬白求恩大夫的国际主义精神，号召全党学习白求恩“毫不利己专门利人的精神”。

裴德乐大喜过望：“我在 10 岁的时候就读过《手术刀就是武器：白求恩传》。白求恩，影响了我的一生！”

一直以来，文化和科学是父母提供给裴德乐兄弟的精神营养。小哥俩特别热爱学习，尤其喜欢科学课。到了入学年龄，裴德乐·瓦尔德斯·维沃十分注重培养这对双胞胎儿子不同的兴趣，以便适应他们不同的个性。

那一年的圣诞节，裴德乐·瓦尔德斯·维沃在家里给孩子们搭建了一个儿童版实验室，这是裴德乐兄弟收到的最珍贵的圣诞礼物，给他俩的童年带来无限惊喜。裴德乐·瓦尔德斯·维沃经常与兄弟俩坐在这个儿童实验室里，一起做化学或生物实验，引导他们探索世界未知的领域，让他们始终对大自然保持强烈的好奇和持久的热爱。

裴德乐·瓦尔德斯·维沃还给儿子们购买了一台显微镜，这成了兄弟俩最喜欢的“玩具”，他们恨不得拿起眼前的一切东西，通通放在显微镜下面看个够。

兄弟俩最喜欢周末在父亲的陪同下，去芝加哥自然历史博物馆和艺术与科学博物馆探索，图书馆更令他俩流连忘返。小哥俩在父亲的书房和图书馆里,孜孜不倦地阅读所有他们感兴趣的书籍。文学、历史、科学和哲学著作，裴德乐兄弟都很喜欢。裴德乐至今还清楚地记得第一次沉浸在一部小说情节里的喜悦，那就像进入了另一个奇妙的世界，令他沉醉其中。

这种阅读的快乐，书页上一行行文字进入大脑，产生一幅幅新颖画面时所激起的美妙体验，在裴德乐成为一位国际著名学者后，仍然记忆犹新。

裴德乐 10 岁那年，父亲送给他的一本书引起了他强烈的兴趣，这本书就是《手术刀就是武器：白求恩传》。

裴德乐几乎是一口气读完了这一本精彩的传记，并被深深地震撼了。

白求恩，这位外国医生，居然能在中国北方的山村小庙里，炮火声中，煤气灯下，完成精妙的手术！书中这样写道：

一连五个小时，炮弹落在离小庙越来越近的地方，白求恩和他的助手们围着手术台工作的时候，脚下的土地在不停地颤动着……一颗炮弹落在庙墙外，一股热气震破了纸糊的窗户，吹进了庙里，煤气灯吹灭了，榴霰弹炸开了，沉重打入外墙。

一连十几个小时，白求恩以飞快的速度给几位伤员做手术，而在同时，机关枪声一会儿逼近，一会儿又向远方移动，炮弹声不停地震撼着小庙，最后，曙光终于透进了破碎的窗户……

白求恩发明的外科手术工具，一直为人称道。他不仅掌握着高超的外科手术技术，还充满正义感和同情心。从这本书中，裴德乐发现父亲的心路历程与白求恩大夫十分相似。

有史以来，不公平的医疗制度普遍存在，加拿大也不例外，富人和穷人在接受医疗时完全处于两种不同的境遇，穷人往往因承受不起昂贵的医疗费用不治而终，而富人小病大养，住在高级病房里，享受着五星级酒店似的服务。白求恩对此深恶痛绝，作为救死扶伤的医生，他甚至感到羞耻。为了改变这种状况，他于 1935 年 11 月在蒙特利尔加入了加拿大共产党，奔赴世界各地为底层劳苦大众治病，并积极参加世界反法西斯运动。

2024年，裴德乐在古巴神经科学中心凝望白求恩的肖像

裴德乐蓦然明白，父亲特意让他阅读这本书，就是希望他像白求恩那样，成为一个对全人类有益的人。

当他读到白求恩大夫在中国以身殉职，小山村在恸哭，八路军官兵在恸哭，从五台山到延河畔，数千万军民沉痛悼念白求恩时，感动得浑身战栗。

白求恩的中国助手痛哭失声，向着群山，大声喊道："全中国的眼泪也不够，全世界的眼泪也不够啊！"

1939年，有那么多中国军民，以一掬热泪祭奠白求恩。20多年后，离中国万里之遥的古巴少年裴德乐，也为白求恩流下了热泪！他从此有了精神偶像，白求恩既是中国人的英雄，也是他心目中的英雄。

像白求恩那样为全人类服务，成了裴德乐萌动的初心。

后来，他和弟弟米切尔创立了古巴神经科学中心，他们把白求恩的大幅肖像竖立在中心入口处，肖像旁边用简洁的文字这样介绍白求恩：

医生和创新者，以在西班牙内战和中国抗击外国入侵的反法西斯战争中工作而闻名。

简介下面还有一段白求恩的话：

让我们重新给医生职业道德下个定义——不是作为医生之间职业上的一种陈规，而是医学界和人民之间的基本道德和正义准则。

这段话来自 1936 年 4 月 12 日，白求恩在加拿大蒙特利尔内外科学会举办的医学经济学专题讨论会上的发言，这也是此后裴德乐内化于心的“基本道德和正义准则”。

正是由于这个缘故，加拿大蒙特利尔成为裴德乐心中的圣地，裴德乐曾经多次访问这座城市，每次他都要去给白求恩的雕像敬献花圈。

在成都，裴德乐与电子科技大学的尧德中聊起这段往事。他说，在我的一生中，全世界有两个外国城市对我来说十分重要，一个是中国成都，一个就是加拿大蒙特利尔。

由白求恩，少年裴德乐想到了中国，他问父亲，中国和古巴为什么关系这么好？中国到底是什么样子？中国人又是什么样的？为什么两国人民都愿意在艰难困苦中忠实守望，鼎力相助？

10 岁的裴德乐，对中国充满了遐想和憧憬。

# 回到祖国古巴

美国与古巴间隔不远，裴德乐·瓦尔德斯·维沃一家经常回哈瓦那度假。8岁那年，裴德乐跟随父母回国探亲，除了路遇棕熊的经历，他们到达佛罗里达州最南端的岛城基韦斯特后，裴德乐心中还留有一段难忘的记忆。

美国南方乡村的风光苍劲肃然，有一种古朴的美。如诗如画的森林河流、烟雾缭绕的山脉，看上去宛若世外桃源；一望无垠的沃野更是让人心旷神怡。基韦斯特岛是世界著名产棉区，到了收获季节，无数棉朵怒放，田野银装素裹，俨然白雪皑皑的冰雪世界。然而，整个美国南方却又是当年贩卖黑奴最盛行、种族歧视最严重的地区。这片美丽的土地曾经血流成河，三十多万来自北方的白人士兵，为了黑人兄弟的解放战死沙场，用鲜血和生命证明，在这个不平等的世界上，正义终将战胜邪恶。

裴德乐·瓦尔德斯·维沃知道，尽管黑奴解放已经一百多年了，不平等的现象却依然存在，于是他特意让一家人在佛罗里达州留住几日，体验一下历史留下的痕迹。

基韦斯特岛位于美国南端，是美国著名作家、《老人与海》的作者海明威的定居之地，享誉世界的名作《乞力马扎罗的雪》就是在这里写成的。岛上还有海明威纪念馆，但是裴德乐·瓦尔德斯·维沃并没有带着家人前去参观，而是去了海边一个非裔美国人棚户区。

这里的贫困与芝加哥的富裕相比，令人触目惊心，棚户区不少黑人居民连蔽体的衣衫都没有，只能在腰间围上一块破布遮羞，至于医疗卫生之类根本谈不上，路旁常见有人一动不动地躺着，偶尔的蠕动才表示他们还残存着一口气。这些人病入膏肓，但由于医疗条件太差，即使有钱也得不到医治，只能等死。

父亲真诚地把两个儿子介绍给棚户区的黑人居民，然后对裴德乐和米切尔说："瞧吧，他们都是我们的兄弟姐妹，他们有权利像我们一样生活。"

母亲也谆谆教导兄弟俩："儿子们，你们要永远记住，人的一生最重要的不是财富，而是对人、对所有生命的尊重。"

这些教诲，裴德乐牢记终生，这也决定了他在成为一位科学家之前，要先做一名治病救人的医生。

这样的家庭，给裴德乐兄弟提供了得天独厚的成长环境。在同龄儿童的阅读能力测试中，他们总是比同样大的孩子高出三个等级。回忆起这段往事，裴德乐谦逊地说："我认为并不是我们有什么特殊天赋，只是我们热爱学习，喜欢阅读，仅此而已。"

在麦卡锡主义统治的20世纪50年代，美国发生了一件举世瞩目的案件，犹太科学家、美国共产党员埃塞尔和朱利叶斯·罗森伯格夫妇被指控向苏联出卖美国制造原子弹的机密，并被判处死刑，然而，法院却没有提供具体证据证明他们有罪。这在美国和其他国家都引起了愤怒的抗议。裴德乐·瓦尔德斯·维沃和妻子无视麦卡锡右翼分子的恐吓和阻扰，与许多正义人士一起在要求赦免埃塞尔和朱利叶斯·罗森伯格夫妇的请愿书上签名。

朝鲜战争爆发后，裴德乐·瓦尔德斯·维沃拒绝应征入伍，不愿将枪口对准无辜的朝鲜人民，更不愿意向中国人民志愿军开枪。这位著名的古巴籍医生激怒了有关当局，也引起社区里一些人的不满，各种责难纷至沓来。

也许就是在这时候，裴德乐·瓦尔德斯·维沃就被FBI盯上了，但他毫无畏惧，仍然坚持自己的信念。

裴德乐·瓦尔德斯·维沃这种鲜明的政治立场，源自他对中国的热爱与敬佩，而这是为美国右翼分子所不能容忍的，种族歧视更加剧了这种风险。在美国三K党横行的岁月里，虽然裴德乐的父母有不少正直的令人钦佩的美国朋友，但他们依然缺乏必要的安全感。

妒忌是人类天生的弱点之一，裴德乐·瓦尔德斯·维沃一家良好的经济状况引起了美国某些传统家庭的不快。当他们搬到比较富裕的新社区时，白人邻居开始收集签名，以防止其他肤色的人住在他们中间，而这竟然是专门针对裴德乐一家的。

“难道因为肤色，我们就应该被驱逐吗？”裴德乐·瓦尔德斯·维沃愤然地问一位白人邻居。

“是的，”白人邻居冷冷点头，“医生，你们一家在这里不受欢迎。”

说着他还想闯进家里，裴德乐·瓦尔德斯·维沃伸手拦住了他，竭力克制着怒火说：“先生，要赶我们走，请问你有什么法律依据？”

一提法律，那人立刻胆怯，不敢再纠缠，匆匆离去。

美国严禁私闯民宅，否则一切后果自负。

最终裴德乐一家还是留在了这个社区。这是因为，他们的邻居在知道裴德乐·瓦尔德斯·维沃是一位杰出的医生后，虽然很不情愿，但还是容忍了这一家人的存在——他们深知，一旦谁有个头疼脑热想要就近得到帮助时，有一位以助人为乐著称的名医做邻居，他们该有多么幸运。

裴德乐在美国求学期间，对社会不公以及一些穷人无钱看病的状况感触很深，尤其对美国的种族歧视深恶痛绝，因为他感受到切肤之痛。

幼年时，这对羸弱的双胞胎兄弟在父母无微不至的关爱下，迅速健康成长。在社区，兄弟俩时常遭受邻居异样的目光；在学校，他们也被某些同学疏远，原因只有一个，他们来自古巴，不是土生土长的美国人，其父还有共产党的嫌疑。

当裴德乐成为哈瓦那大学的一名大学生后，这些不愉快的往事仍在他的脑海里挥之不去。

1959年1月1日这天，芝加哥古巴流亡社区的人们齐聚裴德乐·瓦尔德斯·维沃家，传扬着革命胜利、独裁暴政被推翻的喜讯。在“砰砰砰”的香槟开瓶声中，人们举杯相庆，开怀大笑，高唱古巴革命歌曲，通宵达旦。

裴德乐·瓦尔德斯·维沃渴望回国参加祖国的建设，但他们一家暂时还不能离开美国，因为按照革命政府的指示，裴德乐·瓦尔德斯·维沃仍然得留在芝加哥，为新生的祖国筹办医疗用品。

古巴社会主义革命的胜利，使美国的反共右翼分子更加不快和不安，古巴新政府成立后不久就发生了吉隆滩战役，古巴革命者在美国的处境越来越艰难，裴德乐·瓦尔德斯·维沃更是面临潜在的巨大危险，他在芝加哥的工作和生活甚至难以维持下去。裴德乐和弟弟米切尔在学校，曾为古巴人民的胜利欣喜高喊“我们赢了”，但哥俩面对的是老师和同学的白眼和疏远。

当时他们尚未意识到事情的严重性，直到一位病人悄悄向裴德乐·瓦尔德斯·维沃医生发出警报，叫他们马上离开美国，回古巴去。

这位病人也是一位古巴革命者，生病住院后得到裴德乐·瓦尔德斯·维沃医生的精心治疗，他因此心怀感激。在反抗巴蒂斯塔暴政的革命岁月里，他曾在美国做宣传和情报工作，朋友很多，消息灵通。裴德乐·瓦尔德斯·维沃起初还将信将疑，但紧接着发生的一件事证实了那位病人的警告绝非空穴来风——在美国活动的古巴情报组织“七二六运动”小组，面临 FBI 带来的威胁，也接到来自古巴解散组织、迅速撤离的指示。

正是这两个消息，让裴德乐·瓦尔德斯·维沃下定了带着家人离开美国回古巴的决心。

由此便有了本书前述的故事，1961 年 5 月初的一个清晨，裴德乐·瓦尔德斯·维沃一家开着车从芝加哥出发，往北穿过边境进入加拿大，后来乘一架私人飞机回到了古巴。

## 科学启蒙

飞机终于落地，裴德乐一家安全回到祖国古巴。

从幽暗的机舱走下飞机，踏上蓝天白云、阳光明媚的国土，不愉快的一切都成为过去，一家人感觉就像进入了天堂。几百年来，尽管这个岛国遭受了无数次暴虐的洗劫，但她仍然那么美丽，那么让人心旷神怡。

是的，亲爱的祖国，永远是海外游子心中的天堂。

前来迎接裴德乐一家的亲人们满嘴新名词——农村土改、城市工商业改造，让裴德乐和弟弟应接不暇。

全国扫盲运动正在如火如荼地进行。当时裴德乐还不太会说西班牙语，只能羡慕地看着表兄弟们穿上制服，带着各种文具——甚至还有从中国进口的压力煤气灯，不畏艰苦地进入农村和农民住在一起，教他们读书写字。他未来的妻子玛丽亚·路易莎当时只有11岁，也在周末和母亲一起参与其中。

回国之后，语言交流曾经是困扰裴德乐的一个大问题。在芝加哥的家中，他和弟弟虽然也不时用西班牙语与家人交流，但主要还是使用英文，回国后无论是工作学习，还是日常生活，都必须使用西班牙语，但他们的发音听起来怪怪的，而且经常词不达意，周围的朋友和邻居觉得很有趣，戏称裴德乐和米切尔为“美国佬”。

这是昵称，不带贬义。古巴人民历来不排外，对来自美国的普通百姓从不敌视排挤。两国民间交往频繁，对普通“美国佬”，古巴人始终怀着友好的情感，直到今天仍然如此。

这是因为海峡对岸几个州的很多美国公民，曾经是地地道道的古巴人，而不少土生土长的美国人，也喜欢在美丽的哈瓦那、圣地亚哥定居，其中就有在哈瓦那定居22年的美国著名小说家、诺贝尔文学奖得主海明威。他毫不掩饰地宣称：“我爱古巴，甚于爱美国！”

经过刻苦学习并在生活中练习，裴德乐的西班牙语很快过关，父亲让他开始接受正规的共产主义教育。这期间裴德乐读了不少马列著作，他甚至能将《共产党宣言》全文背诵下来，他和米切尔还与第一批援建古巴的苏联专家的孩子们结为好朋友。

与此同时，裴德乐对科学的爱好与日俱增，他百读不厌的读物是《达·芬奇笔记》。这位意大利文艺复兴时期最伟大的科学与文艺巨匠，是有史以来屈指可数的全才。达·芬奇不仅是大数学家、科学家、力学家和工程师，还是一位天才的大画家。他不仅在绘画、雕塑、建筑方面的成就举世闻名，还是一名医学家、音乐家和戏剧家。达·芬奇在医学、物理学、地理学和植物学等其他学科的研究上也很有成就，甚至还设计过世界上第一架飞行器。在这本笔记里，古老的拉丁文和各种达·芬奇手绘的图表，写满了这位伟大科学家的理想和探索。

尤其让裴德乐惊异的是，四百多年过去了，达·芬奇预测的许多东西和科学设想变成了现实，手术刀、降落伞、飞机、火箭、电梯……都已成为现实。达·芬奇绘制的科学蓝图是那样精准，裴德乐时刻思索，我要是能够成为达·芬奇那样的科学家，那该有多好！

裴德乐出身于一个具有科研传统的家庭，从小就对大脑产生了浓厚兴趣。大脑是人体最复杂、最精妙的器官，长期以来，人们即使详细解剖了它的结构，依然对大脑如何运作，诸如意识是怎样产生的、大脑为何会发生病变、致病机理是什么等方面知之甚少，不少方面的研究甚至一片空白。总之，大脑太令人难以捉摸了。

越是弄不懂，越是激起裴德乐深入探究、非弄懂不可的好奇心。

裴德乐百读不厌的期刊是《科学美国人》（*Scientific American*），里面刊登的都是当代各国著名科学家的文章，生动有趣地将各种各样的科学成果介绍给公众，其中一篇文章给裴德乐留下了极为深刻的印象。这篇文章的作者演示了简单的电子电路如何模拟动物行为，并推测将来有一天，计算机将解释人类如何思考。

用计算机解释人类的思维！对于从小着迷于大脑奥秘的裴德乐来说，这是件多么神奇的事！他后来在成都工作时，对电子科技大学的中国同事谈起这件事时，颇为感慨地说："我相信我后来成为科学家，与你们一道终生从事计算机脑科学研究，最先肯定是受到《科学美国人》那篇文章的启发。"

但是先别着急，一切还得从最基础的做起。

裴德乐的一位叔叔恩斯托在医院从事临床试验工作，他赠送给裴德乐兄弟一台专业的显微镜，并帮助他们在家里搭建了一个小型实验室。

这台专业科研仪器比在芝加哥用过的那台显微镜强多了，在它晶亮的目镜中，裴德乐看到了许多过去从未见过的东西。

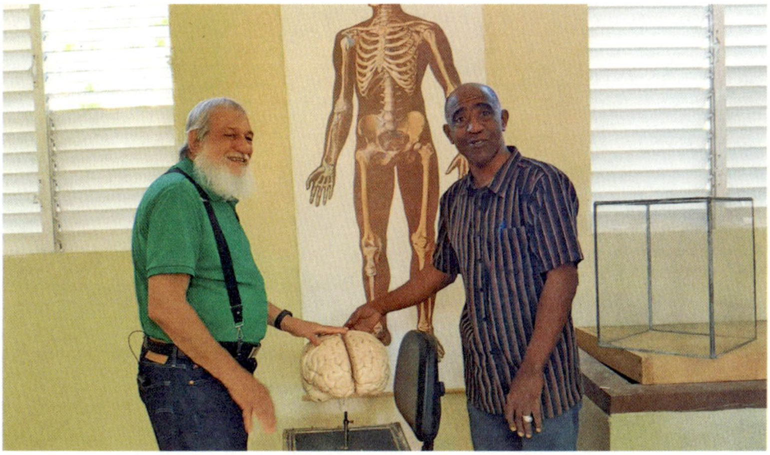

2024年4月，裴德乐（左）在哈瓦那医科大学解剖实验室

父亲裴德乐·瓦尔德斯·维沃也经常来到这个家庭实验室，像在芝加哥一样，手把手教孩子们做各种化学和生物实验。对科学探索的热爱，早已成为这个家庭生活中的主要激情之一。

在这个有趣的小小实验室里，裴德乐在泥板上复制由苏美尔人创造的楔形文字。在进行化学实验时，他和米切尔试图分解食盐，用蒸馏法提纯乙醇。他们的实验经常散发出刺鼻的气味，在一次化学反应中，设备差点发生爆炸。

奇异气味和吓人的声音，勾起了周围孩子们强烈的好奇心，他们被裴德乐的小小科研团队的探索深深吸引，丝毫不害怕，反而踊跃参与进来。

裴德乐成了“孩子王”，除了进行室内实验外，他还带领大家去户外进行各种有趣的尝试。他们在海边探索海螺化石背后的古生物学,收集街上下水道里的污泥浊水,在显微镜下观察其中的原生生物。小伙伴中一个叫奥古斯丁的男孩，成为裴德乐一辈子的挚友，之后他为古巴生物技术公司的创立作出了贡献，也与中国成功开展了科技合作。裴德乐觉得，他与奥古斯丁真是有不解之缘。

裴德乐兄弟在美国只读完了小学五年级，但知识储备足以让他们跳过六年级，于是在 1962 年，12 岁的兄弟俩直升初中。

# 向“魔鬼”挑战

炽热的太阳喷涌着火焰，炙烤着大地，密不透风的甘蔗林在阳光下泛起耀眼的绿光。在美国芝加哥长大的裴德乐第一次到农场砍甘蔗，就有种进入烤箱被烘烤的感觉。汗水不断地流淌下来，很快就打湿了衣衫。但是，踩着绵软而富有弹性的沃土，心中有一种满足感——毕竟，脚下是祖国的土地！这是世界上产糖量最高的甘蔗林，热烘烘的空气中，弥散着一股美酒发酵的香甜气味。

裴德乐挥动沉重的大镰刀，“嚓嚓嚓”地砍甘蔗。刀片一样的甘蔗叶片，不时在他手臂上划出一些红道道，又痒又疼。他不管不顾，就像冲锋的猛士杀入敌阵，一大片甘蔗倒在他的身后。

在哈瓦那郊外的一个半军事化农场，裴德乐和同学们一边参加农业劳动，一边进行军事训练。为了加快收割进度，农民会放火烧掉灌木丛和蔗田里的杂草，同时大火也将甘蔗融化成糖浆，跟灰尘混在一起，常常把裴德乐全身熏得漆黑。米切尔打趣哥哥：“身上怕是能洗掉 2 斤黑泥。”裴德乐笑着回应道：“米切尔，回去照照镜子，你也差不多。”

烈日下的劳动，考验着体力与毅力。既然胸怀伟大理想，苦和累又算得了什么？

收割完甘蔗后，大家又马不停蹄前往马埃斯特腊山区，帮助农民采摘咖啡豆。裴德乐在这批青少年中本身就是“孩子王”，又因各方面表现拔尖，很快就被团组织任命为领队，命令下达后，裴德乐带领同学们立即出发。

前往马埃斯特腊山区的旅程既充满艰辛又让人恐惧，裴德乐牵着骡子走在队伍的最前头，他们穿过崎岖的山地，勇渡齐腰深的湍急河流，一路向目的地前进，夜晚就在杳无人迹的森林里露营。

在一个月光皎洁的夜晚，大家围坐在一堆熊熊燃烧、噼啪作响的篝火旁，脸庞虽然被烤得很热，但冰冷寒风仍然直刺后背。后来，裴德乐听到李兆麟创作的《露营之歌》中的歌词“火烤前胸暖，风吹背后寒”时，顿时想起了这段不同寻常的经历。

为了打发漫漫长夜，一位当地向导讲起了有关这片山区“魔鬼山丘”的恐怖故事。

那是一个被倒下的棕榈树包围的荒凉而贫瘠的土丘，所有树干都指向外面，充满诡异，传说中的“魔鬼”蛰伏在半路，阻止行人通过，胆敢前往山丘登顶的人，无一生还。一位偏不信邪的采摘咖啡的海地工人只身前往，果然路遇一头凶恶的黄牛挡住他的去路，它用滚烫的血红眼睛死死盯住他。但是这位海地工人没有退缩，继续勇敢前行，登上了小丘之顶。

后来他被人发现时已经失去了生命，头下枕着一只装满咖啡豆的袋子……

这个故事让所有学生不寒而栗。天亮之后，他们前方的必经之路就是这座“魔鬼山丘”，很多人深感恐怖，有的同学甚至想打退堂鼓。

裴德乐毫无畏惧，一个恐怖故事算什么？他决定先去探路，并且立刻出发。

早年在芝加哥，勇敢无畏的裴德乐就不惧怕任何挑战，哪怕面对生命危险。那时黑帮分子横行无忌，他和弟弟不仅在学校里会遇到霸凌欺辱，在街头也有危险。在一场棒球比赛中，他和米切尔遭到了街头丹尼帮派的辱骂，球赛结束后，丹尼他们仍不依不饶，尾随裴德乐兄弟继续挑衅。由于寡不敌众，裴德乐带着弟弟且战且退，往自家方向跑去。

丹尼帮派的一群暴徒追了上来，为了掩护米切尔逃走，裴德乐停下来挡住了这伙流氓。争斗中他被逼到围栏上，丹尼等人在裴德乐脖子上套上了绳索，并用小刀扎他。对方人多势众，裴德乐不得不大声呼救。路人和邻居听到喊声赶来相助，流氓们四下逃散，裴德乐侥幸捡得一条命。

然而，裴德乐这口气无论如何也吞不下去，他对弟弟说："一味忍让只会招来更可怕的后果，我们兄弟俩人高马大，怕他做什么！对这帮流氓的挑衅必须坚决回击！决不能让他们横行街头，再去欺负别人！"

米切尔和哥哥一拍即合，于是握紧双拳，踏上"征途"。

小哥俩很快找到了独自在街上行走的丹尼。虽然丹尼的年纪和块头都比裴德乐兄弟俩大，但裴德乐和米切尔动作麻利地将他放倒，狠狠教训了他。之后丹尼和他的同伴，再也不敢在街头随便欺负人了。

此刻，在马埃斯特腊山区漆黑的森林里，讲恐怖故事的向导得知裴德乐要在这可怖的夜里独自前往"魔鬼山丘"探路时，他也怵了，劝裴德乐还是天亮后再出发。但裴德乐无所畏惧，非要去一探究竟不可。他对向导说："魔鬼通常不是只在夜间才出来活动吗？我就是要去看看，这世界上到底有没有魔鬼，它到底有多厉害！”

谁也拦不住他。当午夜的钟声敲响时，裴德乐背着弯刀，独自踏上了前往“魔鬼山丘”的崎岖小路。

漆黑的树林中伸手不见五指，向导没有撒谎，所有树干都朝着同一方向倒伏，但裴德乐的知识储备告诉他，这不过是山区经年累月的定向狂风所致。身旁无数小树枝不停摆动，就像一双双可怖的无形之手想要抓住他，阻止他继续前进，这真的让人毛骨悚然。

风吹草动，周围发出阵阵怪响更是瘆人，似乎到处都有什么怪异的生物在窃窃私语。说不害怕那是假的，这时裴德乐想起了海明威的《老人与海》。这部小说他曾百读不厌，老渔夫圣地亚哥的话在他耳边响起：

一个人可以被毁灭，但是不能被打败！

裴德乐赶走了恐惧，奋力前行，终于登上了“魔鬼山丘”的顶峰。

什么都没有发生。银盘般的月亮挂在头顶，皎洁的月光温和地洒在裴德乐的肩头。对着夜空，他仰天长啸：“魔鬼先生，你在哪里？我来了！我要接受你的挑战！”

没有魔鬼。天地之间唯有他这个崇尚科学，随时准备为真理献身的年轻人，而挑战早已经被他甩在身后。

当裴德乐安全回到露营地后，那位讲故事的向导不无惊讶地说：“真没想到，连魔鬼也不敢惹一个共产主义者！”

他的话引得同学们哈哈大笑，没有人再感到恐惧。

科学研究正是需要这种面对困难无所畏惧、勇往直前的胆量，裴德乐之后在脑科学方面获得杰出成就，显然与他身上的这种特质是密切相关的。

第二章
PART 2

# 从梦想少年到脑科学家

# 古巴最需要科学家

在农场的这段时间里，裴德乐和同学们一边辛勤劳作，一边还要参加军训。虽然古巴革命胜利了，但仍存在外敌入侵的威胁。很多同学随时准备上战场，保卫国家安全，捍卫人民自由。

这种情绪难免会影响到从小在革命家庭长大的裴德乐。面对青春期出现的各种选择的兴奋与情绪的不稳定，裴德乐充满了跃跃欲试的冲动。

“菲德尔来了！菲德尔来了！”

几辆吉普车停在乡间公路边上。

古巴革命领袖菲德尔·卡斯特罗和拉美游击战传奇人物切·格瓦拉，常来农场看望大家并参加劳动。每当他们出现，农场就会卷起欢乐的“旋涡”。常年穿着草绿色军装的菲德尔·卡斯特罗，热情地与周边的群众打招呼。

这就是经历了一次次暗杀，与死神擦肩而过的传奇英雄。他那美髯都掩盖不住的爽朗的笑声，身经百战更显魁伟的身材，如磐石般坚定的眼神，让裴德乐顿生敬意！

第一次见到菲德尔·卡斯特罗的经历让裴德乐记住了他的一句话：年轻人，现在，古巴最需要的是科学家，而不是士兵。

这句话让裴德乐和米切尔醍醐灌顶，感受到强烈的震撼。“我们这个家庭有科研基础，现在我们国家独立自主了，你们应该把革命热情转化成科学研究的动力，使古巴真正崛起！”父亲不是也经常这样说吗？

虽然裴德乐从小就接触了政治人物，也有一些军事生活经历，但他最终没有选择从政从军，而是走上了科研之路，正是因为受到了革命家庭和革命领袖的影响。

一个小插曲的发生，促使裴德乐最终下定决心，并作出人生最关键的选择。

在离开马埃斯特腊山区前往哈瓦那之前，裴德乐骑着骡子，穿过狭窄峡谷的小径去大本营领取补给品。在崎岖的山道上，他与一个老同学不期而遇，老同学正忙着赶路去边境军区报到。

此时的裴德乐也正在考虑是否从军保卫祖国边疆，但对科学兴趣和爱好又让他实在难以割舍，面对两难选择，一时间拿不定主意。他和这位老同学深情拥抱之后，两人坐在山路边深入交谈，老同学真诚地对他说：“裴德乐，我的好朋友，以你的知识储备和聪明才智，应该在科学领域为古巴发挥更大作用，而不是像我一样去从军。”

最终，他说服了裴德乐。当他们再次拥抱依依惜别时，裴德乐已作出了最后的决定。

山上劳动结束后不久，裴德乐接到来自共青团领导的电话。领导问他愿不愿意去哈瓦那大学“劳尔·塞佩罗·博尼利亚”预科学校特别班学习。

裴德乐惊喜地扬起眉毛，连声说好。他早就知道预科学校特别班的存在，这是政府为了解决古巴医疗人员奇缺的一项应急措施，裴德乐对此一直十分向往。

革命前，古巴的医生大多集中在大城市，主要为富人服务，穷人缺医少药、看不起病的情况很普遍。本来，革命的具体目标之一，就是为包括偏远地区在内的全体古巴人民提供免费医疗服务。然而，许多医生由于出身中产阶层或者上流社会，对革命不理解；再加上受到海峡对岸美国生活方式的影响，他们中的很多人移民去了美国或别的发达国家。这导致古巴的医疗力量更为紧张，全国医生数量竟然比革命前少了一半，穷人看病难的问题也因此更加突出。

古巴政府意识到了这个问题的严重性，为了迅速改变这个状况，相关部门在考察调研后拿出了新措施，即“压缩计划”。这个计划就是在大学的预科学校设立“特别班”，将学习时间，从三年压缩为一年半，定向培养医学人才，让学生尽快进入哈瓦那大学医学院学习，成为国家急需的医疗力量。

共青团领导在裴德乐身上看到了科学人才的潜质，认为这个意气风发的翩翩少年除了服兵役，大可以用更有效的方式为国家服务，就向哈瓦那大学的预科学校特别班举荐了裴德乐。

裴德乐毫不犹豫地一口答应下来，让这位领导十分高兴。他接着告诉裴德乐，预科学校不同于一般的学校，学习任务会加重一倍，而且没有假期，非常辛苦，并问他是否有思想准备。

裴德乐回答道：“我早就准备好了。国家需要就是我的志愿，这是我父亲从小对我的教育，也是他对我的期望！”

久负盛名的高等学府哈瓦那大学对选拔学生的要求非常高，不是谁想去就能去的，尤其是预科学校特别班。它之所以特别，是因为入选者不仅必须成绩优秀，还要通过同学的投票认可，最后还要通过严格的入学考试。对裴德乐来说，这些都是“小菜一碟”，他最终以优异的成绩进入了预科学校特别班。

跟裴德乐一样，弟弟米切尔也进入了预科学校特别班、米切尔后来成为古巴著名的脑神经科学专家，至今仍在为国效劳。

既然是预科学校特别班，那么对学生的要求也就特别严格。学生们每两周仅有一次回家机会，还必须有校方的特别通行证，每十五天才有一次外出机会，也是去参加学术活动。这里的学员来自社会各个阶层，既有农民、工人的子女，又有学者和专业技术人才的后代。校方对他们一视同仁，只要学习成绩优秀，就可以得到奖学金，免费就读。

像“劳尔・塞佩罗・博尼利亚”这样的学校，古巴全国有数千所。高校的预科学校特别班集中了古巴最优秀的师资力量，全国数十万富有才智的优秀青年学生利用国家提供的奖学金刻苦学习和钻研，在这个特殊的大熔炉中历练并成长了起来。

这种集举国之力，集中培养大批栋梁之材的方法，后来成为拉美发展中国家培养人才的通用方法。之后，古巴新一代甚至几代科研和专业人才遍布世界各地，并取得了令人瞩目的成就，就是得益于这种创新的教育机制。

裴德乐因为各方面的出色表现，很快成为哈瓦那大学预科学校学生会的杰出管理者。他面临着一系列新的挑战，最主要的是帮助来自不同教育背景、成绩参差不齐的同学适应要求苛刻的繁重专业课程。裴德乐提倡集体主义精神，而不仅仅是个人奋斗，因此学生会很快形成了一种氛围——每次考试结束后，大家不问个人成绩，而是关心“整个小组的表现如何”，发现跟不上学习进度的同学，立刻组织力量集中帮助他。在这样的氛围中，同学们的成绩普遍有了很大的提高。

“压缩计划”取得圆满成功，在短期内培养出了大批高质量的医疗专业人才，使得古巴扭转了医疗资源紧张的局面。年轻又富有朝气和献身精神的古巴医生们甚至在满足国内需求的同时，走出了国门，服务世界。

在后来的岁月里，古巴不仅实现了全民免费医疗，而且成为医疗出口大国，向世界各地源源不断派遣医疗队伍治病救人。2016 年，美国总统奥巴马访问古巴，他在详细了解到这一辉煌成果后，对其赞不绝口，认为古巴的医疗和教育制度应该成为全球的榜样，当场表达了美国在这方面与古巴合作的意愿。

人生不会没有挫折，否则哪能有所进步。这一年，裴德乐刚满十六岁，年轻而冲动，由于一次鲁莽的行动，使自己陷入麻烦之中。

1966 年 5 月，美国与古巴的关系突然又紧张起来。关于美军即将再次入侵的谣言和各种小道消息充斥古巴各地，平静的生活被扰乱了，人们陷入恐惧而惊慌的情绪之中，不知如何是好。在不确定的政治局势和学习任务高度繁重的压力下，学生变得焦躁不安。为国从军的意识还一直保留在裴德乐的脑海里，加上青春期的荷尔蒙汹涌澎湃，他领导的预科学校学生会也沉不住气了，作出了一个大胆的决定。

裴德乐联系了在附近军事基地认识的一些朋友，请他们对同学们进行军事训练，以应对随时可能爆发的战争。这些参加过马埃斯特腊山区游击战的老兵在评估得失后，认为计划可行，同意为这些大学生提供军事训练指导。

是压在裴德乐心头的一块石头，现在终于有机会为他们做点什么了。

就这样，裴德乐在十六岁时正式考入了哈瓦那大学医学院（现为哈瓦那医科大学）。

医学院的入学门槛定得很高，考试通过的分数是 80 分，而不是通常的及格分。学生在入学后倘若有任何一门课不合格，都将被劝退学。

在这里经历的一切都与以前不同，除了专业知识外，学校更加注重培养学生的集体主义精神，尤其是对国家、对人民负责的责任心和使命感。学校要求学生不仅要为了成为医生而学习，还要承担重大责任，改变古巴人民长期缺乏医疗资源的落后状况，这一切都正好符合裴德乐的心愿。

医学院跟预科学校特别班的学制“压缩计划”一样，本来四年的学期减为两年，他们必须在短时间内完成密集的课程学习，内容涵盖数学、统计学、物理、化学、生物化学甚至哲学，以及至少两门外语。给他们上课的教师包括古巴最优秀的教授、很多国际知名学者等。为了支援古巴建设，这些国际知名学者从世界各地来到哈瓦那，参与这个宏伟计划。

这一创举迅速为古巴的社会主义建设培养了整整一代科学领军人物，后来许多富有成果的学者包括古巴科学院院士，都受益于这个培训计划，其中就有儿时在裴德乐家用显微镜观察污水中原生生物的好友奥古斯丁，他后来成为著名学者。

在医学院，解剖尸体是让很多新同学感到恐惧的医学实践，但对裴德乐兄弟俩来说，却不算是一个挑战。兄弟俩有一个独特的优势，在他们 9 岁的时候，父亲就向兄弟俩展示了许多动物的解剖标本；

并在他们 12 岁那年，带着他们第一次现场观看了尸体解剖。裴德乐丝毫不害怕尸体，最让他恐惧的反而是抽血、输液练习。

那是一次有点“恐怖”又有趣的回忆。

一位女同学要学习打针，请裴德乐做实习对象。颇有男子汉气概的裴德乐把袖子一挽，说：“来吧，恭候你的针头。”

也许，那位女同学实在太紧张，也许她的眼睛有点昏花，一时半会儿没找到静脉血管。姑娘几乎把裴德乐的胳膊当成了没有痛感的沙袋，反复将尖细的针头在裴德乐的胳膊上推进拔出、拔出推进，却仍然找不准他的静脉血管。

裴德乐感到有些疼痛，但是这位女同学非常专注，因为找不到静脉血管而双眉紧蹙，裴德乐不忍心看到她沮丧的表情，更不愿让她出丑，所以他摆出硬汉的样子，强忍着一次又一次的疼痛，嘴角始终挂着满不在乎的微笑，完成了这次练习。

这位女同学最后成功了，而裴德乐两只胳膊上却留下了许多针眼。

几百名学生住在哈瓦那一座老修道院的大楼内，他们来自世界各地，有非洲、拉丁美洲和欧洲的同学，还有越南共和国的许多年轻人。他们将成为民族解放阵线的新生力量，在入校时就明白刻苦学习不是为了自己，而是要去帮助那些仍然在受苦受难的人民，这种氛围是裴德乐以前就读的所有学校都没有的。这使他在对科学的热情之外，又有了另一种特别的动力。

裴德乐担任了学校共青团总书记。这是繁重学习任务之外的工作，也是一个严峻的挑战。裴德乐常常忙碌一天下来疲惫至极，觉得昏昏沉沉的脑袋都不再属于自己，随便找个什么地方坐下或躺下，片刻间就能进入梦乡。

紧张的学生生活没有让他倦怠，反而让他觉得很刺激。

正是在哈瓦那大学医学院，裴德乐迈出了医学研究的第一步。他和米切尔及好友奥古斯丁带头组织了学生研究小组，裴德乐对大脑研究的热情就像加了助燃剂的煤块，开始熊熊燃烧。

裴德乐与米切尔在校刊上发表的脑科学文章引起了教授们的注意，特许他们把大脑标本带回家，在闲暇时进行解剖。裴德乐把许多周末时间都用来深入研究这些标本，从解剖学意义上对大脑结构尤其是对其复杂性，有了进一步了解。裴德乐仍然想知道，在那次大雪纷飞的林间道路上，那头棕熊，脑子里到底在想什么……

当有人问起裴德乐为何对大脑如此着迷时，他如是说："人之所以成为人而不是动物，最关键的就是大脑。研究大脑，这里面既有对科学的好奇，也有对'定义我们所有人'的器官——大脑的深切尊重和致敬。"

学院著名生物学教授阿基诺专门为裴德乐和奥古斯丁设计了一个实验，作为对有抱负的研究者潜质的一种入门测试。他们要为受试的老鼠建造一个回避学习的笼子，其中有一个通电的地板，在一个黑暗的地方有一个食物隔间，目的是训练老鼠把某些信号与安全或电击联系起来。

裴德乐和同学们接受了这个挑战，四处寻找搭建笼子的部件，并向其他教授请教原理。让教授们惊喜的是，仅仅几天后他们就做出了一个功能齐全的训练笼，实验结果也十分圆满，由此他们获得了与教授们一起从事研究的机会。

在这段紧张而又充满成就感的日子里，裴德乐被艾伦·霍奇金和安德鲁·赫胥黎在神经冲动生物物理学方面的开创性工作深深吸引。这两位英国神经科学家因对动作电位的发生机制的杰出研究而荣获 1963 年的诺贝尔生理学或医学奖，其著名的“Hodgkin-Huxley 模型”准确描述了神经元动作电位的启动和传播机制。

裴德乐沉浸在霍奇金和赫胥黎的开创性文章中，花了大量时间在图书馆查阅资料，试图全面理解他们的理论。但他很快意识到，自己虽然从小在数学和基础物理上成绩优良，但要将这些知识用在高端科研上则远远不够。

提升专业知识是裴德乐当时面临的最大障碍，他开始拼命攻克这个难关，每时每刻书不离手，甚至在因病躺下的几个月里，他也在病榻上如饥似渴地学习数理化和生理学知识。在掌握了偏微分方程之后，他终于能够理解，为什么霍奇金和赫胥黎会在自己的理论体系中使用这个重要的数学工具，这对裴德乐日后的脑科学工作有着十分重要的意义。

## 女科学家塔里娅·哈蒙

一位温文尔雅的女教师，优雅地走上了讲台。

她秀发如瀑，面容姣好，学生们禁不住叹道：“哇，太美了！”

正是在哈瓦那大学，裴德乐非常幸运地遇到了对他一生产生极其重要影响的启蒙老师，一位杰出的女士。她就是墨西哥裔著名科学家塔里娅·哈蒙。后来取得不凡成就的裴德乐充满感情地对朋友

们说 :“塔里娅教授是我的学术和科研生涯中最重要的人物，我永远对她抱着深深的敬意！”

塔里娅 · 哈蒙是一位天才女性，她从小才华横溢，在 14 岁时就开始了各种科学研究，她的导师都是拉美著名的科学家。古巴革命胜利后，塔里娅响应智利总统萨尔瓦多 · 吉列尔莫 · 阿连德 · 戈森斯“帮助古巴建立基础科学”的倡议，来到哈瓦那大学任教。

这位杰出的女科学家,貌美如古希腊的女神雅典娜,让学生仰望;然而，这位“雅典娜”也有着铁面无情的另一面。

塔里娅性格中仍然保留着参加古巴革命的火辣激情，她对学生十分严厉，曾经扬言对不努力的学生将会毫不留情。她说 :“谁要是胆敢偷懒,我会对你们毫不客气！”同学们都很怕她,私下称她为“刀锋女士”。

裴德乐知道塔里娅这种玩笑式的恫吓，不过是为了激励大家发奋学习，但他也真的心生畏惧，学习分外努力，成绩一直拔尖，很快引起了塔里娅的注意。

在一次关于小脑作为神经元“机器”的研讨会上，塔里娅发表演讲后当场邀请裴德乐加入她的科研团队，也就是 1965 年成立的古巴国家科学研究中心的“神经生理学实验室”。

那时，国家研究中心的核心人物是哈瓦那大学的校长巴鲁埃科斯，他在后来还成为古巴国务秘书和菲德尔 · 卡斯特罗总统的科学顾问，人们亲切地称他为乔米。

与许多杰出的拉美科学家一样，无论是塔里娅还是乔米，他们的事业总是与革命、政治交织在一起。国家科研中心正是菲德尔·卡斯特罗确定并亲自选址建立的，当时这里还是一片用铁丝网围起来的荒草地，它在建成后成为全国科研网络中心，而该中心的“神经生理学实验室”奠基人，正是塔里娅。

裴德乐彼时还是一名学生，在繁重的课堂学习之后，他只能利用业余时间在塔里娅的实验室做研究。塔里娅指派他做的第一个项目，是研究老鼠的“状态依赖学习”，她要求裴德乐发现老鼠的大脑在什么状态下的记忆力最佳。

童年时代，父亲裴德乐·瓦尔德斯·维沃教给裴德乐和米切尔的既动脑又动手的学习和研究方式发挥了作用。裴德乐搭建了一个训练笼，测试老鼠在有无药物诱导状态下完成规定任务的不同表现。在塔里娅的指导下，他取得了令人满意的结果。随后，塔里娅让他做的重点研究课题，是使用颅内电极研究猫脑的慢波活动。

科学研究就跟人生一样，不可能一帆风顺。在一次令人难忘的实验中，因麻醉不足，导致一只受试的大白猫在手术过程中突然醒来……

结果是悲剧性的。这次意外给裴德乐留下了持久的难过记忆。

这次事故使裴德乐认识到，科学研究不能有任何马虎大意，否则会招致可怕的后果。从此以后，每当裴德乐走进实验室，这个警钟就在他耳边敲响。

在国家科学研究中心，裴德乐学到的不仅是纯粹的科学知识，还有人生的理想信念，那就是对人民的热爱、对祖国的忠诚。学院不愿成为发达国家科研的补充，或者科学殖民主义的附庸，而是致力于培养自己的科学骨干，独立自主开发具有民族特色的科研成果。正如塔里娅说的那样：“科学体系胜利的真正晴雨表，不在于个人的成就和荣誉，而在于该体系如何推动社会转型，造福于国家和人民。”

1977年，裴德乐（右一）进行博士学位答辩

这些观念深刻影响了裴德乐的科研工作和他的人生。

当裴德乐比较完整地了解了大脑解剖学和大脑神经结构之后，塔里娅向他揭示了脑组织的相互联系和可塑造性。她亲手做的一个实验让裴德乐深感震撼，他惊叹道："这太神奇了！大脑的每个部分都直接或间接地相互联系，更重要的是，这些联系在动物的一生中都在不断进化，多么复杂而有趣！"

塔里娅会心一笑，赞许地望着他说："裴德乐，看来你开始掌握大脑运作的真正本质了。"

这是一颗启蒙的种子，塔里娅将它深深埋进裴德乐的脑海里，之后生根发芽，结出累累硕果。

这次实验促使裴德乐之后将大部分精力都专注于研究大脑活动的连通性。谈起这段往事时，他激动地说："塔里娅老师是我科学生涯的一盏指路明灯，我一生所有的科研成果都跟塔里娅的启蒙教导

1969年，古巴第一位外籍博士塔里娅博士（右二）的答辩现场

有关，任何言语都无法表达我对她的感激之情！”

塔里娅是第一位被古巴授予博士学位的外籍专家，她在日常生活中并不像传说中那么“生猛”，跟在课堂上和实验室里判若两人。塔里娅风趣幽默，对生活充满热情，钓鱼、打网球都是她的业余爱好。

裴德乐是她家的常客，塔里娅还手把手教这个得意门生做她最喜欢的墨西哥菜，如墨式牛肉卷、玉米片、牛油果沙拉等，再佐以风味独特的龙舌兰酒。受古老印第安传统文化的影响，这些菜肴的味道偏酸辣。尤其让裴德乐感到惊奇的是，享用这些最正宗的墨西哥美食不用任何餐具。

正如塔里娅的丈夫说的那样：“像我这样，手抓着吃，大口吃！”

裴德乐跟塔里娅丈夫的私交也非常好。他们在业余时间经常在一起听音乐、看电影。如果在这种时候，裴德乐突然提起工作，塔里娅会摇着盛满龙舌兰酒的晶亮酒杯，睁开大眼睛，朝自己的学生一瞪——此刻，禁止讨论任何科研话题！

她嗅着美酒的香味，然后一饮而尽说："我们不是工作机器。人生多么美好，我们应该享受它。"

## 人脑与电脑

还在读医学院的裴德乐，已经被恩师塔里娅推向了其他同学难以望其项背的高度。裴德乐的另一位主要导师罗伊·约翰的到来，则像二级火箭分离，助推裴德乐飞向更高的高度。

古巴科研中心的神经生理学实验室并非空中楼阁，而是被强烈的社会使命感所驱动的。罗伊选择了这个实验室，跟他不平凡的人生经历息息相关。

1977年，裴德乐（右一）与罗伊（右二）一起交流

罗伊出生在美国，祖上是匈牙利犹太移民，家人在欧洲被纳粹杀害的悲惨经历，促使他在第二次世界大战时坚决要求加入美军。第二次世界大战时，他作为机枪手远征欧洲，随后与苏军并肩作战攻克

柏林。他痛恨纳粹，喜欢苏联，但第二次世界大战后，英国首相丘吉尔的“铁幕”演讲拉开了东西方冷战序幕，这使他感到十分沮丧。

罗伊退伍后在芝加哥大学接受了高等教育，他的学术生涯始于核物理学。虽然原子弹在日本的爆炸加速了第二次世界大战的结束，但“曼哈顿计划”仍有余音，罗伊因出色的核物理才华参加了这个计划的收尾工作，并作出了贡献。

科学家早在 1924 年，就在人脑中发现了脑电活动，那时候，电子计算机尚未发明。一百年后的今天，用电脑研究人脑已是全球科学界蓬勃开展的尖端项目，而罗伊正是使用计算机进行大脑研究的先驱者。

罗伊将大脑视为一个统计学意义上的实体，它以神经元放电模式的概率为基础发挥作用。他精确测量了猫用来形成记忆的神经元数量，写出了一篇在神经科学界堪称经典的论文，获得了国际脑科学界很高的赞誉。

罗伊原先的专业是计算机和核物理，正是美国神经生理学家沃伦·麦克洛克，将罗伊的学术道路引向了神经生理学。

沃伦·麦克洛克开创性地将数理逻辑运算引入神经网络理论，形象地展示了神经元如何像计算机二进制的 1 和 0 一样，在大脑组织中运行。在他的指导下，罗伊发现了指示大脑内在运作和处理信息的脑电信号的内源性电位。作为使用放射性标签的先驱，罗伊通过他的科研成果为今天的大脑核成像奠定了基础。

罗伊的到来，将裴德乐的科研生涯带入一个崭新的领域，即计算机科学结合大脑研究的殿堂。他从此将自己的努力方向定位于使用电脑研究人脑，用最简单的语言来概括，就是量化大脑活动并将其数字化。

在哈瓦那举行的一次国际学术研讨会上，来自各个社会主义国家的生理科学家齐聚一堂，罗伊这位从美国远道而来的客人，显然是一个独特的存在。

罗伊杰出的科学成果早为大家所知，由于家庭和自身的曲折人生，他对社会主义古巴抱有深厚的感情。罗伊表明自己到古巴来并不是旅游，而是想深入了解这个美丽的国家，他的要求得到了最高层的首肯。于是罗伊可以不受限制地驾驶吉普车游遍古巴，他深深地爱上了这个文化独特、热情奔放又极富人情味、风光绮丽的优美岛国。

正是在这次国际学术会议上，罗伊认识了塔里娅。

罗伊跟同样杰出的塔里娅各自的研究看似毫不相干，但大脑与计算机之间存在着微妙的联系，活生生的血肉组织与冷冰冰的机器，完全可以整合在一起，联系的桥梁就是无处不在的脑电波。罗伊与塔里娅在科研工作方面不仅仅是相见恨晚，更可谓“一见倾心”。塔里娅在古巴撰写的第一篇博士论文，就是后来在罗伊担任主席的一个国际委员会审核通过的。

1969 年，是电脑大显神威的一年。

7 月 16 日，“阿波罗 11 号”的发射，吸引了全球的目光。

裴德乐在“看热闹场面”之后惊叹的是，著名的美国 IBM 公司在 1964 年发布了 system/360 大型机，它在阿波罗登月计划中起到了至关重要的作用。1965 年，世界上第一台真正意义上的小型计算机 PDP-8 推出，它性能超前、体积小、价格低，远超同类产品。PDP-8 的推出是小型电子计算机发展的划时代里程碑。

阿波罗登月计划引发了全美国的计算机热，在西雅图湖滨中学读书的比尔·盖茨，就是在那一年开始学习编程的。

也就是在这一年，罗伊为古巴科学界作出的一项重大贡献，便是把一台高级专业计算机 CAT-400C 赠送给了古巴科学院，它成为有史以来古巴的第一台电子计算机。这立刻引起了一直密切关注科研进展的菲德尔·卡斯特罗的注意，他向罗伊发出了畅谈的邀请。

他们进行了一整夜的深入交谈，话题包括脑科学研究和科学社会主义价值观，以及未来计算机在社会发展中的重大作用。菲德尔·卡斯特罗敏锐地意识到计算机在科研工作中的巨大潜力，而此时的古巴在这方面还基本上是一片空白，虽然 CAT-400C 给古巴的科研事业注入了全新的动力，但仅有这一台计算机是远远不够的。菲德尔·卡斯特罗向罗伊寻求帮助，试图从美国获得这种技术和设备。

然而，由于美国对古巴的封锁和禁运，罗伊暂时无法在这方面提供帮助。菲德尔·卡斯特罗转而要求哈瓦那大学尽快设计并制造古巴自己的微型计算机。

两位杰出的古巴工程师立刻展开行动，他们根据一台现有的老式电脑指令集清单，对原理图进行了逆向设计，年仅 19 岁的裴德乐因编程方面的特殊天赋，也以程序员的身份加入了这项工作，他的任务是解决电子计算机 EEG（脑电图）程序方面的难题。

裴德乐所在的电脑研制团队巧妙地避开了禁运限制，在全球范围内找到了必要的部件，在短短 10 个月内就组装出了古巴第一台自己的计算机，它被骄傲地命名为“CID 201-A-Cuba”。这台计算机后来一直是裴德乐做科研的重要工具。

乔米带着它向菲德尔·卡斯特罗作了汇报，菲德尔·卡斯特罗

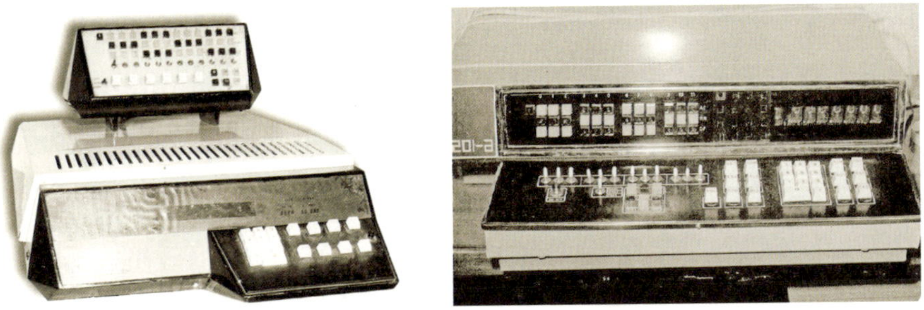

1970年，古巴研发制造的“CID 201-A-Cuba”计算机

又将这台计算机带到政治局展示。乔米生动地向裴德乐转述了那令人激动的一幕，在政治局会议上，古巴最高领导人带着胜利的喜悦和毫不掩饰的民族自豪感宣布：“革命激情驱动的古巴人民，能够创造一切奇迹！”

罗伊并未忘记菲德尔·卡斯特罗的嘱托，他在美国为古巴科学院弄到了计算机的图纸。当他回到哈瓦那后，惊讶地发现古巴人竟然研制出了自己的“CID 201-A-Cuba”！他起先认为它不过是一台简单的计算器罢了，但经过仔细检测后，他认定这是一台真正的电子计算机。同年，日本也研制出相同类型的机器，相比之下，“CID 201-A-Cuba”在性能等方面的高级程度，毫不逊色于日本研制的计算机。

罗伊对古巴人的创造力深感叹服，决定加入古巴国家科研中心，以取得更多的脑科学领域的成果。为此，他急需出类拔萃的特殊人才，与他共同创造奇迹。

在一次讨论《科学美国人》（*Scientific American*）中的一篇文章的学术会议上，塔里娅把裴德乐介绍给了罗伊。

这篇文章是奥地利神经科学家和心理学家卡尔普里·布拉姆的杰作。裴德乐在这次研讨会上，详细而深刻地阐述了卡尔普里·布拉姆的学术成果。他说，这是一项融合了心理学、神经学、生理学和量子物理学的成果，布拉姆在文章中提出了一种独特的跨学科研究方法，将人类记忆看作一幅全息图，信息并不局限于特定的脑细胞，而是分布在整个大脑的神经网络中。

裴德乐认为，这一理论是革命性的。他认为卡尔普里·布拉姆提出的大脑的这种运作方式，实际上类似于光学全息摄影术，研究者可以根据电脑记录下的任何部分重建整个大脑内部图像，这就为脑科学研究提供了更为直观的条件。

裴德乐的发言给罗伊留下了深刻的印象，罗伊当即决定将裴德乐纳入自己的研究团队。

少年时代阅读《科学美国人》上那篇文章提到“用计算机解释大脑”的设想，曾让裴德乐印象深刻、十分震撼；现在自己将参与其中，亲手将这个奇妙的设想变成现实，这令裴德乐激动不已。

然而，就在即将跟随罗伊开展新的研究之前，他接到组织召唤，被派往边远山区当一名普通的医师。

## 基层与上层

古巴在历史上就是世界产糖大国。1970 年，国家动员全民参加一场声势浩大的生产运动，以期达到历史最高食糖产量，供出口换取外汇，支援国家建设。

无数热情的民众踊跃参加，他们被分散在各个省份种植甘蔗，或在产区的榨糖厂工作。甘蔗产区大都在偏远地区，那里蚊蝇滋生、疾病流行。为了给他们提供必需的医疗保障，裴德乐与一批医学院学生被任命为临时执业医师，奔赴一线医护岗位。

裴德乐乘船来到曼比屿上，再乘坐木筏过河上岸，进入一个偏僻的小村庄。

除了为种植甘蔗的人们提供医疗保健服务外，他们还承担为当地农民看病的任务。此时的裴德乐对自己的医术并无信心，村民们对他们这帮“毛头小子”更是充满怀疑，村民们执着于传统草药和民间土方，并不相信现代医学。与这批年轻医生配合的当地草药医师就是这样一位老人，他虽然精通草药和民间偏方，但缺乏现代医疗知识和实践，而他在当地又是掌握着医术的权威性人物，裴德乐和同伴的工作面临重重困难。

一次意外事件，给裴德乐带来强烈的心理冲击。

村里有个婴儿肾脏严重感染，由于村里不具备医治的条件，裴德乐强烈建议将婴儿送到附近钢铁厂的医疗所住院，并使用抗生素治疗。但孩子的父母却相信草药医师的方法，拒绝了裴德乐的建议，他们用涂油和拉伸孩子腹部皮肤的方法试图使婴儿痊愈。结局是悲惨的，婴儿去世了。

所有人都无比悲痛，裴德乐更是产生了一种深深的负罪感，他责备自己没有进行更积极、更有效的医学干预。但他并没有气馁，这个不幸事件更加激发了他的斗志。裴德乐决心将自己掌握的医学知识，传播给最需要的人。

裴德乐开始采取积极行动，他与村长结成了同盟。这位 92 岁高龄的老人，仍有力气爬上棕榈树，熟练地挥舞砍刀收割椰子。尤其难得的是，老人头脑清醒，十分理性。他积极倡导现代医学，毫无保留地支持裴德乐的工作。他的信任影响了当地尚能接受新思想、初具现代观念的年轻人，他们表达了对裴德乐的支持。

村子附近的钢铁厂工人也给裴德乐的医疗小组提供了宝贵的帮助，盖了一间小木屋作为裴德乐的诊所。村医疗所的男护士还教他用行之有效的土办法缝合伤口、固定骨折处，他们还能够进行某种心理暗示辅助治疗。裴德乐开始发现传统医术也不乏可取之处，这极大地提升了他的医疗实践能力。对纯朴的工人和农民兄弟，裴德乐心怀深深的感激。

从小就植入裴德乐心中的白求恩精神激励着他，要尽可能多用自己的医学知识为最基层的民众服务。裴德乐白天在村里为人治病，进行疾病预防保健工作，晚上他还要前往一家偏远医院，在临床实验室分析采集到的样本，来确定如何解决村民寄生虫感染高发的问题。

曼比屿上的交通不便，去往医院的是不通汽车的狭窄小路，裴德乐只能骑着自行车，在漆黑的夜色中来回奔走。有时候忙到快天亮了，他连早餐都来不及吃，又得骑上自行车，赶回村里的诊所，在那里，患病的村民们已经在排队等他了。

辛勤的工作换来的回报是令人欣喜的。随着时间的推移，裴德乐的测试获得了大量宝贵数据。在裴德乐对村民和钢铁工人进行公共卫生普及教育后，这些数据成为保护他们健康的有效盾牌。

在另一个遥远的省份，裴德乐的弟弟米切尔同样也经历了一段不寻常的旅程。这次深入民间的医疗实践和体验，似乎与他们钟爱的专业——神经生理科学和大脑研究互不搭界，但对裴德乐来说，这却具有非常重要的价值，它清楚而生动地表明，基本医疗能够迅捷而有效地改善公众健康。可见，初级保健在重要性上，并不亚于实验室的研究工作。

不仅如此，这次基层实践，还促使裴德乐深入思考科学研究的一个终极问题——我们的最终目的究竟是什么？

裴德乐蓦然想起他的精神偶像白求恩，顿时有所感悟。他对米切尔说："我们所进行的一切科研工作，并不是为研究而研究，为发表论文获得奖赏、赢得荣誉而研究，我们的最终目的，难道不正是为了造福广大民众吗？"

米切尔对此深表赞同。任何时候不忘劳动人民，全心全意为他们服务，始终是裴德乐和米切尔一生的工作原则。

完成在山区的医疗任务后，裴德乐重新回到哈瓦那，回到塔里娅和罗伊身边，在他们的指导下继续进行大脑活动的研究。

回来后，裴德乐兴奋不已，滔滔不绝，把这次的收获全部讲给塔里娅和罗伊听。裴德乐从第一线农村医疗实践带回来的丰富体验和鲜活的病例使恩师塔里娅也感触颇深。她给实验室的所有研究工作确定了一个根本宗旨——既要走在世界科技前沿，又必须在社会实践中得到应用，造福人民。

裴德乐有了一个新的合作伙伴，那就是电子计算机。

在塔里娅和罗伊的倡导下，团队决定做一个 EEG。EEG 的原理是通过在人或动物的头皮上放置电极，检测来自脑细胞的电荷，它会将产生的信号放大并记录下来，再将产生的波形图提供给医学专家分析、解释，为治疗人类的各种疾病寻找更有效的途径。

实验室的计算机

EEG技术早在1924年就被德国科学家汉斯·伯格开发出来，一直在医学上发挥着重要作用。它对癫痫等神经系统疾病的诊断和治疗效果显著；也被用于研究睡眠障碍、昏迷和脑死亡；在研究感觉和认知过程的基础——神经活动机制方面，同样具有不可估量的价值。EEG的主要优势之一是实时监测大脑活动，这在脑部手术或评估麻醉深度时至关重要。它可以检测到脑电波几毫秒内的变化，这比核磁共振（MRI）或电子计算机断层扫描（CT）在分析大脑动态方面更为有效。

古巴科研中心脑神经生理实验室最初引进的EEG来自法国。当时还没有印刷集成电路板，它以真空管为基础，体积庞大，占据了大半个房间。裴德乐的工作主要是协助塔里娅、罗伊测量大脑对电刺激产生的反应，这些反应产生的微小电压波动被传感器捕捉，经过计算机处理后，以图形的形式呈现出来。

这种方法被称为CAT–400C大脑神经活动分析法，在当时是很大的技术进步。它使EEG信号平均过程自动化，提高了数据分析的精度和效率，使神经生理学的研究人员对大脑活动模式有更清晰的认识，并有助于各种脑疾病的临床诊断。

在罗伊的积极筹措下，美国科学家捐赠的各种设备陆续到位，研究方法得以改进，工作效率显著提升。CAT–400C与EEG系统驳接后，输出的信息在网格纸上打印出来，裴德乐和同事负责手动记录多个电极信号，以及患者脑电波在每个测量间隔的振幅，然后将这些数据输入电传打字机，供其他设备分析。这项工作的劳动强度之大令人生畏，但裴德乐天生喜欢跟数字打交道，虽然很累，但乐此不疲。

塔里娅和罗伊很快注意到裴德乐对数字的敏感和偏爱，便指派他参加一项新的工作，分析健康受试者和患者的脑电变化数据，为此，裴德乐得到了一台奥利维蒂牌电子计算机。在当时，它算是比较先进的专业设备，但它的编程能力有限，每输入一组数据都会让它振动、颤抖，尤其是当庞大的数据群使它“激动”时，连桌子都会轻微摇晃。

塔里娅特别留意生物大脑脑叶的对称性，她观察到从对称的头皮位置记录的脑电变化信息，与大脑对视觉刺激的反应惊人相似。于是，她提出假设，在一个脑半球存在肿瘤或其他异常的情况下，同源脑电波的波形可能会出现不对称。通过分析这些不对称波形，或许能够找到揭示大脑深层奥秘的关键。

这是一个崭新的观念。塔里娅交给裴德乐的工作，是开发一个数学模型来量化这种不对称性。恩师的信任让裴德乐像上满发条的闹钟，他铆足了劲，一头扎进工作间动手做起来。

没想到，这中间发生了一件令他颇为尴尬的趣事。

裴德乐经过一番冥思苦想后，在笔记本上推演了许多公式，他思绪快如闪电，字迹潦草得只有他自己能够看懂。在反复计算后，裴德乐又用电子计算机对这个模型进行了多次检测，设计出了一种测量脑电波不对称性的新程序。这个成果看起来很理想、无懈可击，裴德乐自认为这是脑科学创造性的开发，不禁志得意满，信心爆棚。

然而他很快发现，这一概念和原理早就由统计领域先驱弗朗西斯·高尔顿爵士在19世纪末就提出来了，并且有翔实的实验数据，所有的成果都发表在 1889 年高尔顿爵士的著作《自然遗传》中，这本巨著后来成为统计学定量分析的基石。

裴德乐呆住了！他没想到，在他之前，先行者的研究早就有了如此成功的结果，而他还以为自己的研究前无古人，后无来者。他不禁深感惭愧和沮丧，虽然没有任何人知道他的“狂妄”想法，但裴德乐还是责问自己为何如此孤陋寡闻、自以为是！

让裴德乐暗自庆幸的是，自己还算低调克制，没有把这项“发明”大肆张扬出去，否则就出大丑了。他只对恩师塔里娅坦诚地说出了自己的“张狂”，以及令人啼笑皆非的结果。

他等着塔里娅严肃的批评，或者是劈头盖脸的“语言冰雹”。

没想到，恩师一边摇头一边大笑不止，还用手指着站立在自己面前的学生，仿佛在说：“这让我说什么好呢？”

事实上，塔里娅完全理解这种“张狂”。这是所有抱负远大的有志青年的共同特质，包括她自己也有过同样的经历。做任何事业要想成功，不“狂”能行吗？即便未能取得成功，失败也将成为宝贵的经验。

让裴德乐深感欣慰的是，导师塔里娅对他的工作给予了很高的评价。理念虽然不是首创，但裴德乐毕竟耗费了大量心血，他拿出的这个测量方式实际上增强了脑电波测量技术的功能，对导师塔里娅的“脑叶不对称性”研究也很有帮助。

这件事仍然给了裴德乐一个深刻的教训，他感到必须加强对数学和统计学知识的学习。而最重要的是，要做出真正创造性的成果，必须事先知道其他人已经做了什么和正在做什么，以免做无用功。

直到今天，已成为国际著名科学家的裴德乐，仍然会花大量时间，尽可能全面、及时地了解全球科学领域的各种纷繁成果，以准确定位自己和学生的研究课题。

裴德乐的中国故事
Pedro's China Story

第三章
PART 3

# 立志大家

# 天外有天，山外有山

20 世纪六七十年代，由于集成电路的发明，电子计算机已经实现了小型化，随后磁记录技术也诞生了，但由于尚未全面普及，电脑信息记录普遍使用的仍然是老式附加设备穿孔纸带机。它不仅笨重，而且效率不高，使用起来很不方便。裴德乐得整天坐在电脑桌前，双眼紧紧盯着这些穿孔纸带源源不断地从计算机里吐出来。

裴德乐用“CID-201-A-Cuba”做的第一个原型磨炼了他的编程技能。这台微型计算机可以很好地适配在台式电脑上，但它的内存只有 4 KB，比起今天台式电脑的内存条来，它简直就是“小不点”。

外部存储设备就是那种笨重的纸带穿孔机，它使裴德乐的工作既费时又费力。他必须在一大卷打孔纸带上装入编译器，还要等待电脑程序自动纠错，然后才可以开始编写程序。

这个过程通常要花费好几个小时，裴德乐必须全神贯注地坐在那里监控机器，不能有丝毫闪失，否则计算机会不断地报错，无法得出他想要的结果。然而，由于热爱，他始终乐此不疲。

即使是这种比较原始的计算机，在当时的古巴也十分稀缺，学院和科研中心需要使用它的部门有很多，神经生理实验室的研究者想要更长时间与这位“合作伙伴”相处，往往只能在午夜之后。因此，他们与这位“合作伙伴”在一起度过了一个又一个不眠之夜。

这种情况持续了好几年，其间裴德乐与导师塔里娅和罗伊经常进行深入而有趣的对话，他们讨论大脑电波与脑部功能的关系、电脑数字化处理的结果，据此分析大脑致病的原理，并提供诊断、治疗的可能，这使裴德乐的科研能力有了突飞猛进的提升。

在这些十分劳累而又令人兴奋的日子里，裴德乐与一批志同道合的年轻人经常在一家名为“波利尼西亚”的餐厅聚会。共进晚餐只是一个契机，讨论各种学术问题才是目的。他们最喜欢聊的话题是天才的美国数学家和哲学家诺伯特·维纳的“控制论”。这个理论开创性地为“人机对话”奠定了基础，其中的“多学科策略”更是当代计算机科学和机器人技术的先驱，它进一步使计算机技术与生物科学研究联系密切，并使这一结合成为现实。

维纳的著作对裴德乐所在的科研团队后来的理论探索产生了深远影响，而今天通用人工智能的广泛应用，正是得益于维纳的开创性启发。

正是在这样一次令裴德乐难忘的晚餐聚会上，他的同行奥兰多展示了一个数学逻辑系统，其中的值不局限于二进制选项 0 和 1，而是可以在它们之间变化。后来当裴德乐遇到模糊逻辑的难题时，奥兰多提供的这个数理逻辑系统给了他深刻的启发，并帮助他解决了不少难题。

裴德乐对“控制论”的浓厚兴趣得到罗伊的赞赏，他为裴德乐提供了一个观念上的飞跃，引导他进入更深入的未来——“人机对话”的研究，这就是主成分分析（PCA）。

PCA 是一种精细统计方法，它将原始变量重新校准为一个新的、不相关的数字集，称为主成分排序，以便初始成分保留原始数据方差的重要部分。它首先确定最大数据方差主成分的方向，然后继续发现并捕获逐渐减小的方差，确定后续正交方向。该技术依赖于正交变换，但不预设数据的任何生成模型，这就有可能出现多种可能性。

罗伊与裴德乐讨论了主成分分析（PCA）和因子分析（FA）这两种广泛应用于数据分析的统计方法，找出规律以减少数据维度，并尽可能保持信息的完整性和精确度，通过定位新的潜在变量，从而实现高维数据的精确解析。

罗伊给裴德乐看了自己的一篇论文，主要内容是阐述如何应用 PCA 和 FA 分析听觉诱发电位，在当时属于很前沿的开创性成果。罗伊将听觉诱发电位表示为在连续时间点测量的电压矢量或数字序列，它是一个高维空间中的向量，因此需要找到更容易处理甚至可视化的低维表示。罗伊告诉裴德乐，这些向量代表“大脑状态”，而大脑病变会使患者的向量指向与正常受试者不同的方向。

裴德乐顿悟，找到如何让向量回归正常常量的方法，不就是诊断并治疗大脑疾病的数学方法吗？它后来被裴德乐应用到电脑对大脑听觉刺激的反应作向量处理的研究中，并取得显著的实用效果。

只要有机会，裴德乐总是缠着罗伊，与他讨论 PCA 和 FA。随着讨论的深入，他能把这些新颖的观念和相应的技术，应用到实验室积累的庞大数据库，并将结果一一存储在一排排纸带中。

人工处理这些数据的工作量极大而且十分复杂，如果不能真正理解其中所涉及的相当深奥的数学理论，便无法进行下去，得到有价值的成果。这需要更高级、更专业的数学知识。据此，导师塔里娅认为，裴德乐应该去数学学院深造。

对即将面临从医学院毕业的裴德乐来说，这不仅是单纯的学科转向，还意味着人生选择的又一个重大转折。

他的第一次人生选择是去从军还是学医，这一次是行医还是做科研。

裴德乐相信，自己如果从医的话，一定会是一名优秀的医生，然而继续研究人脑与电脑又是他真正的兴趣所在，鱼和熊掌不可兼得，他能再次作出正确的选择吗？

医学院学生毕业后如果从医，并不需要如此深奥的数学知识。裴德乐明白恩师塔里娅的意思，显然是希望他继续深造，成为一名杰出的科学家，而不是当一名医生。但从小由父亲培养的医学爱好在裴德乐身上根深蒂固，难以轻易放弃，不过倘若终生做一名全职医生，也会使裴德乐感到困惑。当医生虽然也能为社会作贡献，然而裴德乐骨子里却始终有一股冲动，总想去探索前人未走过的路，攀登别人没有攀登过的高峰。就像当年在马埃斯特腊山区，裴德乐深夜独自前往“魔鬼山丘”，向“魔鬼”挑战一样，当下，裴德乐也想向未知难题发起挑战。

罗伊和塔里娅理解裴德乐的困惑，这位来自医学世家的年轻人一直希望通过加速医师培训计划以缓解当时古巴国内医生短缺、人民健康得不到保障的社会问题，同时又对脑科学恋恋不舍。为了帮助裴德乐解决这个两难问题，他们找他谈话，告诉他服务于全民医疗事业，跟从事基础科学研究并不矛盾。

塔里娅对他说：“你应该选择深造。平时可以在

需要的时候也可以走出学院大门，去农村为老百姓

曼比屿做的那样，这有什么难的？”

恩师的话让裴德乐豁然开朗，他甚至觉得自己之前有些自寻烦恼了。

此时，裴德乐在罗伊的指导下，计算机编程技能进一步提高，然而要将电脑与人脑的研究结合起来，还是远远不够的。神经科学是多学科交叉的学科，神经科学研究需要数学家、物理学家、生物学家、化学家和医学家的共同合作。裴德乐想起来了，他所敬仰的英国神经科学家艾伦·霍奇金擅长控制系统的设计，而其搭档安德鲁·赫胥黎则是数学计算高手，这种珠联璧合、优势互补的合作，是二人取得成功的重要原因。他们的论文曾经给裴德乐带来很大启发，那时他拼命学习偏微分方程，就是为了能够理解他们的创见。

但现在看来，这只能算是启蒙的初级阶段，科学研究不是重复别人，而是要有自己的创见。塔里娅敏锐地感到，像许多医学生一样，裴德乐的高等数学和基础物理知识基础还不牢固，倘若要有更高的造诣，这方面亟待加强。她严肃地对裴德乐说："听着，裴德乐，如果不能越过这个障碍，你将无法在学术道路上继续前进！"

恰好在此时，古巴的生物医学研究体系正式建立，国家既需要医术精湛的医生，又需要对医学科学进行更深入的探索并取得重大成果的科学家，医学科研体系把这两者完美地结合起来了。这个科研方向确定后，菲德尔·卡斯特罗号召学术成果突出的医科毕业生参与一项富有远见的计划，即进入更宏大、更深刻、更有长远意义的科研殿堂。

时势造英雄。国家科技发展的迫切、恩师们的期盼，促使裴德乐努力成为大师级的科学家，而不仅仅是勤奋的助手、出色的实验员。按照这样的目标，他必须学习更扎实、更全面的"攀登技术"，修炼好更强大的内功，向更高的科学高峰挺进。

## 砥砺前行，继续深造

就这样，裴德乐从哈瓦那大学医学院进入数学学院深造。

在那里，裴德乐加深了对高等数学的理解，他感叹数学真是人类智慧的最高结晶。在学习和研究的过程中，他与一批年龄相仿的数学学院的教授建立起持久的友谊，其中，奥克塔维奥·贝兹成为裴德乐的终生好友。奥克塔维奥是一位杰出的学者，他的研究后来对神经生理科研的进步发挥了重要作用。

在数学学院，裴德乐并不是被动地学习，他与奥克塔维奥一起开发了一种统计学技术判别分析法。这种分析法可以根据已知特征区分两个或多个群体，预测新观察到的群体成员。这类似于一个过滤过程，可以根据现有类别的测量结果，准确地对新实体进行分类。它的核心是创建一个判别函数，这个函数本质上是一个数学方程式，用来描述不同群体之间的分离。

这个函数是从最能区分不同群体的特征中衍生出来的，目标是画一个平面或超平面，尽可能清晰地区分这些群体。神经科学家在区分不同神经系统疾病患者的脑部扫描数据时，一旦建立了判别函数，就可以用其对新的脑部扫描数据进行分类，预测最有可能的病症。它最大的优点是能够将复杂的数据简化，从而达到更容易理解的程度。

紧张的学习和工作之余，裴德乐与奥克塔维奥让大脑得到放松的一种消遣方式是，先由一人大声朗读一个数学表达式，然后他俩心算其符号积分，比赛看谁做得更快，输了的人喝两瓶德国啤酒。这是十分有趣的智力游戏，甚至裴德乐在上了年纪之后，也经常与他的同事、学生玩。

就像在曼比屿思索科学终极目的一样，裴德乐与奥克塔维奥还常常探讨另外一些有关科学的“终极问题”。人们的传统思维定式像迷雾一样，往往遮蔽了这些问题的真相和实质。例如：

数学算不算科学?

科学可以创新吗?

裴德乐和奥克塔维奥深入思考后发现，答案均是否定的。

为什么?

因为所有事物的内在规律，是在人类诞生之前早已有的客观存在。科学是发现和研究这些规律的，它并没有，也不能创造任何新的客观规律。比如，水在零度时结冰，钠与氯化合生成氯化钠，这是谁的“科学创新”呢?它们远在人类诞生之前就是这样，并将永远如此，人类只能去发现并利用它。

数学精确描述这些客观规律的相互关系，它是一切科学研究的基石和工具，但非科学本身。运用这个最强有力的工具去观察客观规律时，会产生各种手段与方法。这些手段与方法才是可以被发明、可以被创新的，就像裴德乐、奥克塔维奥和他们的同事正在做的那样。

诺贝尔自然科学奖从不对获奖科学家说你“创新”了什么，只是表彰“发现”了什么，就是这个道理。自然界还有很多事物未被人类发现、理解、掌握，诺贝尔奖的设立，正是为了激励全球科学家为此奋斗。

这些哲理性思考，让裴德乐对科学研究有了新的感悟，因此他在数学学院做的功课不仅是理论性的，而且具有实际操作意义。

裴德乐的学习和研究涉及具体的计算机算法，这对于脑电波数据的搜集和分析来说至关重要。机器语言中的编码部分具有回忆和反复读取的功能，对完全靠所有数字计算的二进制代码语言系统深入学习后，这些算法的复杂程度让裴德乐震惊，但在学院教授和同事的帮助下，他克服了所有困难，掌握了至今仍在使用的三种基本统计方法中的第一种——大量观察法。

裴德乐对罗伊关于主成分分析和因子分析的统计方法仍抱有浓厚兴趣。经过在数学学院的学习和研究，他对这两个方法的理解更加深刻，并进一步探索了计算机多元统计法，被其层次聚类分析（HC）所吸引。层次聚类分析能够根据相似性对观测对象进行分类，可以揭示脑科学数据中隐藏的模式。这是裴德乐在数学学院掌握的第二个重要技巧。

跟裴德乐一样，罗伊对电子计算机行业突飞猛进的快速发展和巨大成果也深感震惊。同时，他们又深刻意识到由于硬件性能滞后，致使工作开展异常艰难。

他俩在电脑室度过了许多个不眠之夜，等待计算机输出数据记录在穿孔纸带上，再用电传打字机打印出结果。在这枯燥的间歇时间里，他们也没闲心看小说或者打瞌睡，而是一杯接一杯地喝着咖啡，兴趣盎然地讨论计算机神经生理学诊断的未来，还会突发奇想，来使大脑始终保持兴奋状态。

一天夜里，裴德乐观察到一群蚊子聚集在电脑室有灯光的窗玻璃上，这顿时勾起了他当年在甘蔗园劳作时被巨型蚊虫叮咬而无法入睡的痛苦回忆。裴德乐产生了一个奇妙的念头，他告诉罗伊他想发明一种电子捕蚊器，来消灭这些可恨的蚊虫。罗伊居然也很感兴趣，甚至跟他讨论起电子捕蚊器的制作原理来。

当然这只是想想而已，他们还有更重要的事要做。

任何科学研究都不会一帆风顺，一路走来总是磕磕绊绊和跌跌撞撞。在一项重要专题研究的最后阶段，他们经过数小时眼巴巴的等待，电传打字机输出的并不是盼望中的因子分析带来的大量数据，而仅仅打印了一个单独的符号，一个醒目的“ZERO”——零。

裴德乐带着自嘲的幽默口吻与罗伊打趣道：“你瞧，这就是我对程序员的评分。”

他俩对这次失败一笑置之。裴德乐坚信失败是成功之母，未来属于他们。

命运注定裴德乐一生常与优秀的人相遇，并得到他们的栽培和提携。裴德乐就读哈瓦那大学期间，除了受到著名科学家塔里娅、罗伊等人的帮助外，还得到了古巴著名专家尼巴尔多·埃尔南德斯－梅萨和何塞·阿内罗斯等人的悉心指导，切·格瓦拉的私人医生也是裴德乐的良师益友，在医科专业方面给了他很大的帮助。

# 菲德尔·卡斯特罗为他加油

裴德乐的身边有这么多赫赫有名、卓有成就的杰出人物，起点的确比较高，朋友们都说他很幸运，但裴德乐想要告诉大家：人的一生中，机会往往可遇不可求，人们能做的就是敏锐地把握住它，在为国家贡献力量的同时，也改变自己的命运。

在这些杰出人物中，对裴德乐一生影响最大的还是古巴革命领袖菲德尔·卡斯特罗。菲德尔·卡斯特罗非常重视科学研究，希望科学兴国，他本身就是个科学迷和“万事通”，无论是文化教育、科研技术，还是农业种植、军事科学，他都算得上是个内行。他的思想十分开放，决不搞闭关自守，所以虽然古巴与美国的政治关系紧张，但两国的科学文化和经贸交流大部分时间还是畅通的。

裴德乐的恩师塔里娅是菲德尔·卡斯特罗的科学顾问。正是因为塔里娅的引荐，裴德乐登门拜见了菲德尔·卡斯特罗。

一次专业会议之后，裴德乐走出校门来到大街上，一位军人突然从背后追上来，拍拍他的肩叫住了他，小声说：“有一位先生想要见你。”裴德乐虽然十分诧异，但仍上了车，跟着这位军人来到一间办公室，没想到菲德尔·卡斯特罗已经坐在沙发上等着他了。

虽然在很多集会上聆听过他的讲演，但单独受到他的接见，对裴德乐来说还是第一次。虽然他已不再是当年那个懵懂的年轻人了，但至今他仍然记得这位革命领袖的教导——古巴更需要科学家而不是士兵。菲德尔·卡斯特罗从塔里娅老师那里知道裴德乐在校学习成绩优异，并且在科学研究方面有很大的潜力，他十分高兴，想要单独接见裴德乐。

他们讨论了裴德乐主攻的专业。菲德尔·卡斯特罗认为：用计算机进行大脑科研，是一个非常新颖的科学课题，值得大力发展，他对裴德乐神经生理实验室的研究工作给予充分肯定。他们还谈到了科学与政治的关系，裴德乐在领袖面前也毫不怯场，当菲德尔·卡斯特罗问他对科学与政治有什么看法时，从小熟读历史、关心政治的裴德乐说："我认为世界上没有什么纯粹的科学，科学就是政治，要看科学家自己怎么去做。做科研是为了人类社会的进步和发展，落实到具体的每个国家，就是科研必须使祖国不受外侮、繁荣昌盛，这是最大的成果，也是最大的政治。"

菲德尔·卡斯特罗非常赞同裴德乐的这个观点，他说西方国家把科学当武器，我们为什么不可以效仿？只要危及我们的国家利益和民族利益，就必须用科学武器进行反击，而不能仅仅使用"枪杆子"。

他问裴德乐在古巴做科研有什么困难，需要什么支持，裴德乐告诉他，用精密复杂的电脑研究更加精密复杂的人脑再合适不过了，但目前面临的困难是古巴尚未普及计算机，国家科研中心仅有几台电子计算机，各个部门还得排队使用；世界电脑行业的更新换代速度惊人，古巴的计算机不仅数量不足，而且硬件和软件均过时。他提出能否从与古巴关系很好的中国进口计算机和相应的技术。

菲德尔·卡斯特罗摇头说，计算机的发源地和强国是美国，我们的好朋友中国也正在开发中，而且跟我们一样受到技术封锁。年轻人，倘若要解决这个问题，最重要的是要学到最先进的电脑技术。

在罗伊的帮助下，裴德乐很快去美国纽约大学进修，深入学习了计算机编程。

## 成功总是伴随挫折

从美国学成归国，回到古巴国家科学研究中心的神经生理实验室，裴德乐的主要科研工作仍然是在塔里娅和罗伊的指导下，使用计算机对大脑活动进行深入研究。

裴德乐和奥克塔维奥合作开发的统计学技术分析法，需要更强大的机器“合作伙伴”，于是他们将实验室的计算机更换为当时的最新型计算机。它功能强大，操作简便，大家十分兴奋，干劲十足。为迎接“新伙伴”的到来，需要建造一个符合特殊要求的计算机实验室，这批朝气蓬勃的年轻人不辞辛苦投入其中，甚至卷起衣袖为新实验室的建设运送砖瓦和木材。

国家科学研究中心（CNIC）神经生理学计算机实验室建成后，塔里娅指派裴德乐全面负责。但最初他的团队成员很少，只有几个经过培训的计算机操作技术人员。裴德乐找到了好友奥克塔维奥，希望得到他的帮助。

奥克塔维奥欣然应允。他是数学教授，而裴德乐是计算机专家，因此在这个新成立的计算机实验室里，裴德乐是“老大”，拥有更大的“话语权”。奥克塔维奥刚到的第一天，裴德乐半开玩笑地对他说：“在掌握机器代码编程之前，你不要离开计算机。”之后，他外出参加一个会议，会议结束后就回家休息了，忘记了这件事。

第二天一大早，当裴德乐走进实验时，不禁大吃一惊，他看见奥克塔维奥居然站在新型计算机前一动不动，双眼微闭，口中念念有词，竟然还在背诵机器代码指令！奥克塔维奥眼圈发黑，显然通宵未眠，裴德乐惊愕得说不出话来。

奥克维塔奥睁开眼睛看着他，神色略显疲惫但仍很精神，他认真地问道：“我们应该从哪个程序开始？”

就在那一刻，裴德乐心中升起对他的无限敬意。

计算机并非奥克塔维奥的专业，但在几周之内，他就成为一名技术娴熟、思维敏捷的程序员，他在裴德乐的团队中成为最重要的存在。

裴德乐对弟弟米切尔谈起这件事时，他说：“什么叫科研精神？这就是。”

裴德乐与米切尔的人生旅程，始终紧密交织在一起，所不同的是，裴德乐致力于比较抽象的理论研究，米切尔更喜欢动手做实实在在的医学实验。他也参加了塔里娅的科研团队，但没有像哥哥一样每天与电脑纸带“纠缠不清”，而是热衷于用秒表对老鼠等小动物的大脑活动进行监测，为团队的理论研究提供实际的论据。

儿时好友奥古斯丁像米切尔一样，犹如裴德乐的另一个同胞兄弟。哥仨不仅对医学满腔热情，而且深深着迷于跨学科领域的探索。他们对数理逻辑和科学哲学有着强烈的共同兴趣，这不仅是学术训练的需要，还是创造力的源泉。

这种对专业之外学科的迷恋，有时会导致一些令他人困惑的误解。

一天，裴德乐来到国家图书馆，打算借阅伯特兰·罗素所著的《数学原理》，就碰到了一件有趣的事。

罗素是英国著名的哲学家、数学家、逻辑学家，同时也是一位社会批评家，他对中国一直心存好感。

与怀特海合著的《数学原理》是罗素对基础数学的杰出贡献，他在数理逻辑分析方面的论述，是这个领域的开山之作，导师塔里娅给裴德乐开出的书单上，《数学原理》是必读书。裴德乐还从未读过这本著作，在了解到罗素的亲华态度后，他更有一种特别的亲近感，急迫地想要了解书中的内容。

裴德乐出示了身份证并向图书管理员提出借书请求。这位管理员疑惑地看着他，一个 21 岁学医的青年学生借阅这么深奥的专业著作，读得懂吗？当他瞥见裴德乐衬衫口袋里插着一把计算尺时，对他身份的真实性更加怀疑，他觉得那是一件更适合工程师而不是医生的工具。

面对管理员的疑问，裴德乐只是简单回答："我喜欢。我需要。"不管这位管理员是否理解或是继续心存疑虑，裴德乐还是拿到了这本心仪的著作。

科研道路上除了做课题本身的艰辛，还会遇到某些意外的阻碍。在 CNIC 的研究顺利开展时，塔里娅和裴德乐意外经历了一次有趣和有启发性的召见。

一个阳光明媚的上午，他们走进实验室，刚换上白大褂还未来得及开始工作，电话铃响了，是学院行政办公室主任打来的，要他们立刻去一趟。

塔里娅和裴德乐来到主任办公室，面前坐着公共卫生部的一位副部长。裴德乐一眼就认出来了，这位满头白发、威风凛凛的绅士，曾经是父亲在美国行医时一起支持革命的老战友。

副部长大概率已经认不出这位个子高大的年轻人了，裴德乐也不想攀关系，而且副部长公事公办的神情表明，他这次来可不是要跟裴德乐叙旧的。

公共卫生部副部长传达了公共卫生部领导层的意见，他们认为科研中心的神经生理实验室在计算机脑科学方面作出的努力很有趣，也很有成效。接着话锋一转，他一脸严肃地说出了“但是”，然后稍作停顿，观察塔里娅和裴德乐的表情。

两人预感不妙，默不作声地看着副部长，等待下文。

不出所料，副部长的下文是“但是，你们的工作对社会医疗事业并没有什么实际价值……”。

裴德乐愕然，塔里娅则一脸平静。她早就知道这种情绪在当时的古巴医疗专业人员中很普遍，人们不理解在急需医疗力量解决国民看病难问题之时，国家为何还要花这么大的精力和金钱，让这些人整天坐在实验室里，搞些看不到什么实际成效的事情。

倘若是一般的风言风语，裴德乐不会在乎，但这是上级领导对他们辛勤工作的负面结论。他有些坐不住了，毕竟是血气方刚的年轻人，他忍不住想要申辩甚至反驳，但是塔里娅轻轻摇头，用眼神制止了他。裴德乐很快冷静下来。

塔里娅表示，研究团队相信副部长先生的“但是”是出于一种善意，以保护他们免遭麻烦，承受理想幻灭的苦恼。当然，她也知道领导层希望团队停止研究神经生理学，放下计算机拿起手术刀，去工厂、农村，参加全民医疗保健事业，这才是这次谈话的实质性内容。

塔里娅感谢这位副部长的一片好意，但对这个“希望”不置可否，她带着裴德乐回到实验室，尽管不被所有人支持，但师徒二人还是顶住压力，毅然选择坚持做自己应该做的事。

1972 年，在古巴举行了一次具有里程碑意义的国际脑科学学术会议。

这次重要会议促使古巴国家科研中心脑科学团队与美国同行密切合作，在纽约和哈瓦那同时开展推进计算机化脑电图系统发展的研究工作。在美国，合作团队开发了 DEDAAS 系统，而古巴工程师与数据研究中心（CID）的工程师开发了两个系统原型，即 MEDICID01 和 MEDICID02。这些系统仍然以传统的法国脑电图系统 EEG 为基础，但通过连接到 CID-201B 的模数转换器，功能大大增强，自动化编程技术促进了大量数据的积累，消除了手工处理数字信息的烦琐而低效率的弊病。

现在，裴德乐再也不用通宵坐在电脑前等待机器吐出“长蛇阵”一样的数据纸带了。

三年之后，纽约大学大脑研究实验室和哈瓦那 CNIC 神经生理学实验室合作，完成了具有开创性的美古科学家共同合作的论文《神经计量学：数字分类法可识别行为相似的人群中大脑功能的不同特征》（*Neurometrics: Numerical taxonomy identifies different profiles of brain functions within groups of behaviorally similar people*），于 1977 年发表在世界顶级科学期刊《科学》（*Science*）上。裴德乐的导师塔里娅、

1977年，《科学》（*Science*）发表了裴德乐参与研究的论文

罗伊是主要作者，裴德乐在这项研究中也有有关统计法方面的贡献，塔里娅和罗伊因此将裴德乐列为作者之一。

简言之，“神经计量学”的理念，就是用电子计算机定量分析脑电活动，提供有关大脑解剖的完整性，对生物体发育状况和感觉、知觉、认知过程进行精确解读，形成促进大脑功能的定量分析结果，并通过统计分析和数字分类法，将结果概况分为具有共同脑功能特征的群集、量化诱发电位的诊断特征，以揭示大脑的结构完整性和信息处理功能。

这篇论文具有划时代的意义，它的研究结果可以帮助医学专家有针对性地诊断各种大脑疾病，并形成有效的治疗方案。

在此期间，裴德乐一边埋头写博士论文，一边担任古巴最早具有授予博士学位资质的古巴科学院研究生院院长。那时裴德乐年仅24岁，在他获得自己的学位之前，就被赋予这个重要使命——为同龄人组织评定学位。这看似不可思议，实际上却体现了国家不搞拘泥于论资排辈，而是广泛提拔人才的不凡格局。裴德乐虽然年纪轻轻，但是他的学识、实践经验和取得的成果，完全能够胜任这份工作。

1974年8月，裴德乐在古巴国家科学研究中心获得了医学博士学位。他的博士论文题为《视觉诱发电位的随机特性》（*Stochastic Properties of Visual Evoked Potentials*）。在这篇高质量的论文中，裴德乐探索了对相同视觉刺激的整个脑电图反应数组，通过开发新的统计检验，证明了这些记录的集合符合正态分布的规律。

塔里娅和裴德乐的脑科学团队坚持不懈所取得的成果，以及世界范围内神经生理科研的迅猛发展，很快让种种质疑和反对之声烟消云散。同样是这位副部长，后来亲自为塔里娅、裴德乐的开拓性工作成果颁奖。

当然，无论是批评还是赞扬，塔里娅、裴德乐和团队成员完全理解，并且同样心怀感激。

这件事给了裴德乐和他的科研伙伴一个宝贵启发：一个人既然选择了自己热爱的事业，并且有益于人民，就应该坚定不移地做下去，不能有任何动摇，无论质疑者的地位多高，阻挠有多大。

这是科研工作的充分必要条件。

像白求恩大夫一样，做一个纯粹的人。

# 问题的问题

关心儿童的健康成长，始终是古巴国家科技战略的一个重要组成部分。

那次副部长的召见，一直留在裴德乐的记忆中，虽然让人不快，却非负面印象。“但是你们的研究没有实际价值”，这句话像警钟一样，一直回响在裴德乐耳边。从某种意义上说，这是他一直惦记着的一份歉意，更是鞭策他前进的动力。

正如导师塔里娅事后对他说的那样，无风不起浪，这个听起来颇为刺耳的定论，确实指出了他们科研工作中实际存在的问题。问题的问题是不能发现问题就停下来不再前进，而是要去解决问题。

导师的教诲促使裴德乐反思，在纯粹做科研与实际运用方面，他觉得他们确实有做得不尽如人意的地方，是时候给出“实实在在”的解决方法了。

饥饿影响儿童智力发育，这一问题在全世界具有普遍性，不仅在贫困地区，甚至在美国这样的发达国家，也存在儿童营养不良造成大脑损害的问题。裴德乐所在的团队调整了脑科学的研究重点，转向调查分析饥饿造成营养不良对儿童及成人的影响，并寻求解决策略。

“饥饿儿童”问题在加勒比海地区的小国巴巴多斯共和国尤其突

出，裴德乐团队便把研究重心放在那里。

巴巴多斯共和国曾经是英国的殖民地，在独立之后的很长一段时期里，该国儿童都处于饥饿状态。由于不能摄入足够的营养，孩子们普遍营养不良，发育迟缓，身材瘦小。这严重阻碍了他们的智力发育，不少孩子甚至不能进行最基本的文化知识学习。

解决这个问题最简单、最直接的办法，就是提供充足的食物。在国际红十字会、联合国粮食及农业组织和巴巴多斯共和国政府的干预下，儿童饥饿问题得到很大缓解，儿童们受到了良好的照顾。然而这远远不够。

裴德乐的脑科学团队深刻关心的问题是，这些孩子成年之后，幼年时代的营养不良对他们的大脑会有什么潜在的负面影响？在他们成年之后，这种影响会有哪些持续性不良后果继续困扰他们整个人生？

团队创建了两个实验组，选取来自同一社区、同一班级的同龄儿童，按出生时是否处于饥饿状态分组进行跟踪观察，用计算机对获得的信息进行测量和分析。裴德乐的妻子玛丽亚随后也加入了这项研究，她的工作是监测并研究受试儿童的脑电图。这种长期的观察一直持续到现在。

大脑是非常精密的器官，任何微小的外来刺激，都会对其发育和稳定造成影响，负面效应就是大脑损坏，裴德乐和同事们的工作是量化观测脑部的这种变化，预判可能的不良后果，找到及时中止不良后果的办法。

1978 年，罗伊组织科研人员观察并研究了他们的观察结果。根据这些儿童的脑电状态，发现幼年营养不良的儿童在学龄期会出现注意力不集中的现象。玛丽亚也观察到，幼年营养不良的儿童在五十岁左右时会产生记忆力下降的问题，而且更容易患上阿尔茨海默病，甚至精神方面的疾病。

更让人不寒而栗的，是通过脑电波的电信号分析，研究团队发现营养不良造成的脑损害痕迹一直存在于他们的大脑中，并且会通过基因遗传给下一代。

这个问题让裴德乐特别担忧。脑损伤带来的后遗症很有可能一代代传下去，即使不会积累到某个临界点产生精神方面的病变，但可能因此出现大量智力低下、无法有效学习的下一代或下几代。这种局面相当可怕，显然不是提供充足食物可以一劳永逸解决的。

裴德乐谈起这个专题研究时说："幸运的是我们找到了病根，并通过监测尽早发现了患病风险，并对症地进行治疗，终止这个不幸的过程是完全有可能的。这也是我攻读博士后的研究课题。"

裴德乐认为这个"不幸过程"不仅是生理或病理学问题，也是社会学、经济学的重大问题，这印证了他早就有的一个论断——"世界上并没有纯粹的科学"，科学并不是宝塔尖上少数人琢磨的独门秘窍，而是与社会状况，与人民大众的生活、生命质量密切相关，更与政府是否重视、是否加大基础科研投入有关。

以此为契机，裴德乐以专家身份开始了与世界卫生组织（WHO，以下简称"世卫组织"）和联合国开发计划署（UNDP）的合作。他的科研团队调查研究表明，仅在美洲，墨西哥、哥伦比亚、海地、委内瑞拉，甚至美国某些落后地区，贫困人口的脑健康会受到低收入的影响，这一代产生的不良后果会影响下一代，一代又一代地恶性循环下去，将会使整个人口素质下降。

这是一个非常严重的问题，裴德乐在世卫组织组织的有关学术会议上发出呼吁，各国政府必须采取有效的措施干预，改善生存条件，让儿童大脑正常发展。

裴德乐拉响的警报使人震惊，他的建议得到广泛赞同，世卫组织和联合国开发计划署随即开始着手解决，这方面的投入迅速加大。但在裴德乐看来，对不发达国家和地区来说，还远远不够。

古巴脑科学团队接受泛美卫生组织的邀请，在拉美各国进行实地考察，多次参加世卫组织的学术活动。随着研究的深入，裴德乐愈加认识到脑科学在医学领域的巨大潜力，并将研究成果应用于实际的临床诊断和治疗中，改善了古巴和拉美其他国家人民的健康指标。

1983 年，裴德乐获得古巴公共卫生部颁发的神经生理学专业第二学位，标志着他为古巴公共卫生事业作出的贡献得到了认可。现在，裴德乐发自内心真诚地感谢那位满头白发的副部长的“指责”——不能总是倾听赞美之词，尖锐的批评往往能够成为推动进步的强劲动力。

为了更好地服务拉美地区的民众，裴德乐和他的团队一直致力于开发新技术，为脑部疾病的诊断和治疗提供更好的服务。1990 年，也就是裴德乐第一次来中国的前一年，他和弟弟米切尔共同创立了古巴神经科学中心，裴德乐担任副主任，米切尔是高级研究员。

该中心是古巴著名的科研机构。该中心成立后，裴德乐、米切尔带领一批专家研发了一款筛查新生儿是否丧失听力的系统，并在全国范围内推广应用。此后这个系统又有多个升级版，在包括古巴在内的许多拉丁美洲国家推广应用，特别是在墨西哥、哥伦比亚、委内瑞拉、玻利维亚等国家。它对各国人民的健康事业起到了积极的促进作用。

裴德乐兄弟俩的努力得到了古巴领导人菲德尔·卡斯特罗的肯定和鼓励。他亲自致电裴德乐兄弟俩，勉励他们开发更多更好的新技术，为拉美民众的脑部疾病诊断工作提供更好的服务。回忆起当时的情景，裴德乐说："这是一份责任，我们应该思考如何更好地回应这份鼓励。"

裴德乐同时还是古巴生理科学学会、古巴生物科学学会、古巴神经科学学会、古巴数学会、古巴临床神经生理学学会、古巴生物工程学会等多个科学学会的会员，也是国家临床神经生理学网络的组织者，在古巴科学界具有广泛影响。

2011 年，裴德乐获得了古巴国家科学学位委员会授予的"科学博士"荣誉称号，以表彰他作为定量脑电图的奠基人之一所取得的卓越成就。这是一个具有终身成就奖性质的学位，约每 300 名博士中仅有一人获得。

1990 年，裴德乐成为拉丁美洲科学院（ACAL）院士，他积极参与制定国家科技发展战略和政策，为政府提供了宝贵的建议和决策支持，为古巴甚至拉美的科学研究事业作出了重要贡献。

同时，裴德乐还担任世卫组织、联合国开发计划署等组织的专家，为全球范围内多个国家和地区的组织提供神经科学和相关领域的专业建议，努力践行为全人类健康服务的目标。

裴德乐在脑科学方面获得的杰出成果，使他享有很高的国际声誉。2014 年，在德国汉堡，他担任脑成像领域最大的国际盛会国际人类脑图谱学会（OHBM）年会程序委员会主席，同时还是脑科学领域顶级期刊《神经影像》(*NeuroImage*)、《人脑映射》(Human Brain Mapping)等的副编委，是伦敦大学学院、美国伊利诺斯大学、加拿大麦吉尔大学、东京统计数学研究所、日本 RIKEN 脑科学研究所等多个国际著名大学和机构的客座教授。

面对成就和荣誉，裴德乐始终保持着清醒、理智的头脑，他认为研究脑科学是人类理解自身的重要途径，目前为止做得还很不够，还有很多未知的领域需要探索。一个真正的科学家的天职是发现问题和解决问题，而不是沉浸在成就和荣誉中沾沾自喜，故步自封。

为了全面开展脑科学研究，全球已经投入大量资金并且还在持续投入，然而裴德乐和志同道合的科学家们却提出了一个尖锐的问题——这些研究和投入到底会在多大程度上发挥作用，并及时且有效地改善各国人民的脑健康状况？

裴德乐多次在国际学术会议上严肃指出，根据观察和统计，我们不得不承认，到目前为止做的许多脑科学研究对改善各国人民脑健康状况的作用非常小，主要原因是做大脑科研花费甚大，发达国家都望而生畏，遑论发展中国家。投入的不够导致脑科学与临床医学实践脱节，直接影响大众脑健康方面问题的解决。

更让人担忧的是，裴德乐早就敏锐地发现，一些研究者热衷于发表论文而不关心其研究的实际效用，全球范围内的一些权威机构也是以论文或专著的数量作为标准，来衡量科研人员的等级，而不管其研究成果是否能够改变现状，医疗卫生系统及其他学科都存在同样问题。如果大家都是为研究而研究，甚至为名利而研究，那实际上等于没有真正研究，不会产生任何现实作用。

裴德乐再次想起在 CNIC 主任办公室的那次召见。难怪公共卫生部领导得出结论——“你们的研究没有实际价值”。至此裴德乐悟出，当时导师塔里娅不让他反驳、申辩，原来真是有苦难言。

裴德乐与加拿大的国际著名脑科学家艾伦·伊文思 2016 年在世卫组织于日内瓦举办的世界卫生大会上，指出了脑科学的问题所在和严重性，并提出了他们的解决设想。

二人深刻指出，长期以来，世卫组织防治疾病的三大重心是传染病、心血管疾病和各种癌症。这几种常见病、多发病的检测和治疗相对来说比较容易，然而监测并控制人类大脑病变，尤其是发现儿童大脑因各种原因受到损害而造成不良后果的研究难度极大，但是意义更深远，因而更有必要加以重视。

他们的发言引起了世卫组织的高度重视，在世卫组织的支持下，裴德乐和伊文思参与制定了全球第一份《大脑健康宣言》(*Brain Health Declaration*)，其核心观念是，脑健康并不仅仅是治疗大脑疾病，更重要的是让所有人都拥有健康的大脑，让大脑少病甚至无病（自然老化造成功能下降除外），以保障人们心情愉快，身心健康。

这也是之后全球范围“大脑科学研究计划”（以下简称“脑计划”）的重要内容。

第四章
PART 4

# 志合者，不以山海为远

# 终于来到中国

裴德乐从小就憧憬中国，但他带领的古巴科研团队在 20 世纪 80 年代末首次进入这个东方大国，却是因为一个偶然的契机。

“敲门砖”正是他和塔里娅、罗伊等科学家为古巴自主开发的脑科学设备——EEG。经过多年的更新完善，这个由古巴自主研发的科技产品在国际上已处于领先地位。

在裴德乐的极力倡议下，古巴国家科技中心把目光投向了中国这个东方的社会主义大国。他们一方面希望展开古巴、中国的脑科学合作，另一方面也想推广古巴的 EEG 技术和设备。于是在 1989 年，裴德乐和一批古巴专家带着 EEG 样机来到中国西安，同行的还有他的弟弟米切尔。

首次踏上这片梦寐以求的土地，裴德乐心里产生了一种神圣的使命感。他想起了从小对他影响很深的白求恩。白求恩也曾对中国有过很大帮助，他与中国人民同舟共济，最后献出自己的宝贵生命，成为中国人民心目中的英雄。裴德乐想到，自己到中国的指路人，不正是白求恩吗？学习白求恩不能仅停留在嘴巴上，他必须实实在在为中国做一些实事！

这个念头在裴德乐的脑海中一旦产生，就挥之不去。

他们一行来西安是为了参加一个有关脑科学的国际学术会议，裴德乐作为会议副主席，与他的老朋友，来自温哥华的哈罗德·温伯格共同主持会议。

会议期间，中国同行通过仪器，向裴德乐演示了一项有关大脑的研究过程。他看到受试者在使用汉语和拉丁语时有不同的脑电波反应，感到十分惊喜，这不正是他和他的团队多年研究成果的又一个鲜活实证吗？

裴德乐兴趣盎然，在进一步深入了解后，他欣喜地发现中国的脑科学研究成果丰硕，实验条件也比较完备，确信与中国科学家合作会取得很好的科研成果。

完美的合作除了要有科研上的追求与激情，还需要对合作对象认同，二者缺一不可。用中国的老话说，“酒逢知己千杯少，话不投机半句多”，如果不能彼此尊重、互相信任，遑论合作，这一直是裴德乐的处世原则。

中国人热情友善。在西安，裴德乐处处都能感到中国人“有朋自远方来，不亦乐乎”的古道热肠。人们的热情和真诚，如同阵阵暖流流入裴德乐的心田，他切切实实地感受到了朋友间的心心相印。

在此之前，裴德乐的弟弟米切尔所在的古巴神经科学中心已有两位专家在中国工作十余年了，他们在西安有自己的办公楼，相当于古巴研究机构驻西安办事处，并得到中国当时的国家发展计划委员会的正式认可。这个机构里既有古巴人又有中国人，他们一边为中国和古巴两国的科研合作搭桥牵线，一边竭力促进两国的经贸和文化交流。通过这个机构，裴德乐认识了不少中国同行，并跟他们一见如故，很快成了好朋友。

从中国朋友那里，裴德乐了解到，这个东方大国的人们非常热爱自己的祖国。在改革开放的时代，男女老少的求知欲都非常旺盛，钻研科学文化和建设祖国的热情十分高涨。裴德乐在西安和北京亲眼所见，这个国家到处都是一派奋发向上的景象，跟古巴遍地如火如荼的革命热情一样，两国都正处于“激情燃烧的岁月”。

中国注重实干，在改革开放后一直在走上坡路，发展速度惊人，“科学技术是第一生产力”的重要论断成为最有力的发展引擎，令他十分钦佩。

熟读白求恩传记的裴德乐知道，白求恩是由宋庆龄介绍，经西安的八路军办事处进入陕北，在窑洞里见到毛泽东主席的。陕西这一块蕴藏着许多革命故事的土地，令他肃然起敬。

令裴德乐着迷的，还有中国的自然风光，以及舒适、自然的日常生活，并且中国的饮食和风俗习惯也让他没有任何不适之感。

裴德乐喜欢深入西安的郊区和乡村，去走一走、看一看，那里淳朴的风土人情深深地吸引着他。

20 世纪 90 年代初，八百里秦川还是一望无际的庄稼地，大片的玉米地让他想起古巴的甘蔗林。他看到农民们在田间地头辛勤劳作，孩子们在村头村尾追逐嬉戏，老人们围坐在大树下纳凉聊天，脑海中不禁浮现出当年在马埃斯特腊山区，与乡亲们挥汗如雨一起采收甘蔗和咖啡豆的情景。他回忆起在曼比屿上兴趣盎然地看着九旬老汉上树摘椰子。在乔治亚州，父亲指着黑人居民对他和米切尔说：“这些都是你们的兄弟姐妹。”

在这里，裴德乐感受到大地的蓬勃生机和泥土的芳香，陕西农村让他产生了一种重返故土的亲切感。

裴德乐在西安特别喜欢风味小吃羊杂汤，觉得比大名鼎鼎的羊肉泡馍还要好吃。有很多国家的人不吃动物内脏，来到中国后，裴德乐没想到这里的人们会把这些令大部分西方人望而生畏的东西做得如此鲜香美味，让人回味无穷。这让裴德乐大开眼界，领略了中国人对生活的热爱和生活的智慧。

裴德乐曾经想：如果在中国生活，会不会不适应？陕西农村之行使他打消了这个疑虑，他觉得自己和玛丽亚完全能够适应中国的生活。

这些以前从未有过的新鲜体验，在裴德乐脑海中留下了深刻印象，宛如一首中国老歌唱的那样——“教我如何不想她”。

这次西安之行的目的本来只是开个会，但裴德乐却逗留了三个多月，这里让他流连忘返。他兴致勃勃参观了兵马俑，让他震撼并深感兴趣的并不仅仅是两千多年前中国强大的军事力量，还有秦铜车马、青铜冶炼术和剑、戈等兵器的铸造。他认为这些极其高超、精妙的金属加工和组装技术，蕴含着中国古人的智慧和想象力，即使是现代的顶级工匠也不一定能仿造出来。

更令人震惊的是，秦代兵马俑出土时是彩色的。博物馆的工作人员告诉裴德乐，研究表明，兵马俑所用的彩色涂料中含有一种精制的硅酸盐成分，这种成分现在广泛应用于半导体元件的外层保护。

裴德乐不由得感叹，两千多年前的中国人就掌握了这种技术，这表明古代中国不仅是一个军事大国，而且是科技强国。由此，裴德乐更加深信，如今两国科学家的密切合作，必将产生更多、更好的世界性成果。

西安的大雁塔、法门寺等历史古迹，让裴德乐更进一步了解到中国数千年来辉煌的文明，他在这些地方买了很多纪念品带回古巴，让更多的亲朋好友体会中华文明的博大精深。

## 在北京的意外收获

离开西安后，裴德乐来到北京。

这座世界超级大城市给他的第一印象是人山人海。他看到人们个个自信满满、朝气蓬勃。裴德乐深感这里蕴藏着足以改变个人命运、造福世界的巨大力量，令人震撼。

在北京，裴德乐接触到了更多的中国科学家，他们在脑科学方面的热情和努力，给裴德乐留下了非常深刻的印象。裴德乐评价说："中国人渴望知识，工作非常努力，也非常有智慧。他们非常希望尽可能多地去做研究，这立刻引起了我的共鸣。"

正是在这次访问之后，裴德乐与一大批中国科学家开展了共同的研究项目，交流先进的脑科学研究成果和技术。就像当年罗伊让古巴有了第一台电子计算机一样，裴德乐帮助中国引进了首套计算机脑电系统 EEG。同时，他积极推动中国科学家和其他国家的学者进行学术交流，让更多的外国科学家了解中国的脑科学研究的最新进展，从而推动合作。

访问期间，最让裴德乐感到惊异的是北京竟然有那么多自行车，大街小巷全是骑行者，清脆的铃声此起彼伏响成一片，这让他感到不可思议。在当时的古巴，自行车还不普及，拥有自行车的家庭并不多。裴德乐不禁想到，在汽车暂时不能普及的情况下，古巴如果也能像中国一样自行车普及率这么高，那该多好！

在古巴，裴德乐早已是“有车族”，那辆伏尔加牌小轿车，还是菲德尔·卡斯特罗亲自批准送给他的礼物。这位古巴国家领导人一直十分关怀科学家，这些年裴德乐在脑科学研究方面作出了很大的贡献，在古巴和其他一些拉美国家底层老百姓的治病就医方面也有突出贡献，为此国家奖励了裴德乐一辆家用汽车和一套房子。

裴德乐知道，这并不是领导人对他个人的偏爱，而是象征着国家对所有科学工作者辛勤工作的鼓励和肯定。

这辆车，还有一个有趣的小插曲：古巴过去的汽车基本上都从苏联进口，来中国之前，国家配给裴德乐的这辆小车出了毛病，在古巴买不到修车需要的零配件，已经停驶很久了。而此时的中国，进口汽车全国畅销，很多车型都有，并有相应的修理厂和零部件供应商。裴德乐把遇到的麻烦告诉了他的中国朋友，他们十分热心地提供了帮助，很快帮他找到了合适的汽车配件。将汽车配件托寄回古巴后，裴德乐家那辆伏尔加牌汽车又可以行驶起来了。

裴德乐和菲德尔·卡斯特罗一直保持着师生甚至是朋友关系，裴德乐在每年圣诞节都会收到菲德尔·卡斯特罗的贺卡和礼物。为了防止人才外流，有成就的古巴科研人员出国需要菲德尔·卡斯特罗亲自批准，只有裴德乐是个例外，菲德尔·卡斯特罗充分相信这位古巴自己培养的科学家对国家的忠诚，因此，裴德乐能够自由自在地奔走于世界各国，从事科研事业。

关于中国是“自行车王国”的消息传回古巴国内不久，古巴也掀起了“自行车热”。西方的封锁让古巴民众无法购买汽车，于是政府从中国进口了大量自行车。仅几年工夫，哈瓦那、圣地亚哥等大城市便已像北京那样大街小巷满是自行车。弟弟米切尔打趣裴德乐道：“这大概也算你这次中国之行的意外收获吧。”

裴德乐和夫人玛丽亚也都买了自行车。玛丽亚在神经科研所工作，裴德乐在国家研究中心上班，他们每天都骑着自行车去各自的单位，家里那辆刚修好的汽车反而很少用了。

有一天下起了大雨，因为要赶去工作，裴德乐冒雨骑车匆匆赶往研究所，途中由于路滑不小心摔了一跤，幸好没有受伤。在古巴工作的中国朋友知道后专程前来看望裴德乐，并请玛丽亚把他看紧点，以后下雨天不准他再骑车，以防再次出现意外。中国朋友的关心，让裴德乐感动不已。

全民骑车健身是菲德尔·卡斯特罗提倡的，他建议国民少食油腻食物、多做运动，而骑自行车就是锻炼身体的好方法。他强调，有一个强健的体魄，才能更好地为国家服务。有朋友开玩笑地对裴德乐说：“你不要再把中国自行车的情况告诉菲德尔·卡斯特罗了，否则他会要求我们强化骑车健身呢，每天加码几十公里，累得‘要命’又不能享用美食，这可是太痛苦了……”

裴德乐的夫人玛丽亚总是说“自行车热”提高了古巴人的健康水平，心血管、高血压等基础疾病的发生概率降低了很多。不管是不是真的有关联，夫妇俩都觉得，这的确是这次中国之行的意外收获。

# 对接“中国脑计划”

当裴德乐得知中国正在大力推进“中国脑计划”项目之时，他宛如遇到知音，喜不自胜。

仰望夜空，天河渺渺，星云璀璨，仅银河系就有几千亿颗恒星，真是奥妙无穷。再看人的大脑，简直就像是浓缩的宇宙，在那些沟壑间密布着天文数字般数量的神经元。从削尖石头当武器的石器时代，到当今高速发展的信息与人工智能时代，数百万年以来，人类创造的一切奇迹均出自人脑。

从古到今，科学家对人体的四肢、五官、脏器的研究已经比较完善，唯有大脑始终没有被研究透彻，不少领域的研究甚至一片空白。

对于生命科学而言，脑科学可谓皇冠上的明珠，光芒四射却难以摘取。

“脑计划”是一项旨在深入研究大脑的国际性科研工程。即便使用高端计算机进行大脑与疾病关系的研究，由于数据量极为庞大，依然面临巨大的挑战。

人的意识与各种疾病，如帕金森病、癫痫和阿尔茨海默病等，都与大脑活动密切相关，但至今仍未彻底弄清它们的产生机制和控制方法。“脑计划”正是要解决这些非常实际而迫切的问题。

世界科学界关于人类大脑的科学研究从达·芬奇时代就开始了，由于大脑过于复杂，研究手段落后，还不能量化其运作过程，几百年来的进展一直不大。

裴德乐一直关注着中国科学家在这方面的研究进展。

20世纪40年代，北京协和医院的生物科学家冯德培率先开展了相关研究，并在国际学术刊物上发表论文，被誉为中国脑科学研究的开山鼻祖。20世纪50年代，张香桐作为中国早期脑科学的开创者，在当时经济和科研条件极为困难的中国从事这个高端项目的研究。由于该领域研究者极其稀少并且分布零散，从而无法形成系统的科学研究，成果也是寥寥。

与中国科学家合作进行脑科学研究的念头，开始在裴德乐心中萌发，"脑计划"正是一个很好的切入点。

为了改变脑科学的落后状况，美国生物科学家首先提出了"脑计划"概念，开始大规模用电脑对人脑进行深入研究，日本、加拿大和欧洲一些发达国家紧随其后，不同国家"脑计划"的侧重点和具体目标有所不同。

美国侧重于通过细胞普查，绘制出哺乳动物的初级运动皮层细胞的类型图谱，以及神经元解剖接线图，为研究脑细胞类型奠定基础。而以古巴为代表的拉美国家的"脑计划"，旨在全面了解大脑细胞及其基本功能特性，在此基础上用电子计算机测定、分析脑电活动规律，以便更深入了解大脑的结构、功能及其活动规律，为医疗科学提供诊断工具。他们的具体方法是通过基因组疗法对细胞类型和神经网络精确靶向定点，治疗影响人们思维、记忆、情绪和运动的大脑疾病。

全球脑科学群雄并起，呈现出你追我赶的兴盛局面。2014年召开的第 44 届神经系统科学学会年会，竟然有 3 万名从业人员出席，来自中国的与会代表也有上千人。

脑科学对促进脑机互交、人工智能、脑健康发展具有重要意义，是全球科学研究的热点之一。美国、日本、俄罗斯、以色列、韩国等国家先后实施重大脑计划，《自然》（*Nature*）、《科学》（*Science*）等全球著名学术期刊认为其相关项目具有很大的潜力与价值。

在有“脑计划”这个全球性的规范统一观念之前，中国生物科学家已经做了大量基础研究，成绩斐然，于 2016 年正式提出了“中国脑计划”。

“中国脑计划”项目主要有两个研究方向：一是以探索大脑秘密、攻克大脑疾病为导向进行脑科学研究；二是以建立和发展人工智能技术为导向，进行类脑研究，俗称“人工智能”。中国是人口大国，患各种脑疾病的人数量众多，“中国脑计划”的实施对脑疾病的预防、早期诊断和早期干预的研究尤为重要。

塔里娅、罗伊、裴德乐和他们的研究团队，以及电子科技大学的生物科学家们之前所做的一切，实际上都属于这个范畴。古巴是一个人口高度老龄化的国家，预防阿尔茨海默病等老龄化疾病，对缓解社会养老负担具有重大意义，也是裴德乐一直致力攻克的难题。老龄化也是中国日益面临的社会问题，正因为如此，裴德乐找到了与中国科学家合作的切入点。

中国与古巴的全方位合作，早在中华人民共和国成立时就开始了。但从 20 世纪 60 年代后半期开始，由于中苏关系生变，中古关系也经历了一段曲折。20 世纪 80 年代末，随着中国改革开放进程的加快，中国全面走向国际舞台，中古关系进入了强劲发展的新阶段，两国在农业、食品、化工、养殖、冶金、纺织、生物技术、烟草和畜牧业等经济、技术领域展开合作。当时，古巴的医疗技术和设备、生物技术的开发和利用、甘蔗渣的综合利用等方面发展良好，对中国同类领域的发展具有借鉴和促进意义。

相比之下，中古两国在脑科学方面的合作，由于各种原因就要逊色多了，裴德乐决心改变这种状况。

之后，裴德乐在国际会议上认识了来自中国的蒲慕明。在他浓黑的眉毛下，那一双睿智的眼睛令人印象深刻。

蒲慕明于 1948 年出生于中国南京，比裴德乐年长两岁。他从台湾清华大学毕业后，赴美留学，获约翰斯 · 霍普金斯大学的生物物理系博士学位；1999 年，担任中国科学院上海生命科学研究院神经科学研究所所长；2009 年，当选美国国家科学院院士；2011 年，当选中国科学院外籍院士；2016 年，他因“在神经突触可塑性领域开创性研究”方面的成果荣获格鲁伯神经科学奖。

蒲慕明于 2017 年放弃美国国籍，恢复中国国籍。

蒲慕明

蒲慕明曾谈道：“西方科学研究的视角，主要基于个人兴趣的驱使，这跟中国是不一样的。”蒲慕明进一步解释说：“中国传统文化中对科学的看法有一种利他性，对科学的追求可以产生很多‘溢出’效应。在国内，我们更多强调科学家负责任的精神，强调科学家应该追求以何种方式造福社会，这是另一种方法论。”

蒲慕明的信念，与裴德乐“科学服务全人类”的信念完全一致。

裴德乐注意到，进入21世纪以后，中国的人口老龄化问题也日益凸显。中国是一个人口大国，即便是极小比例的人口患有阿尔茨海默病，也是一个不小的数字。阿尔茨海默病不仅会影响患者的身心健康，也会给家庭带来沉重的负担。裴德乐坚持自己的信念——“科学就是政治”，而有益于人民，则是最好、最重要的政治。

为此，裴德乐在与中国学者交流时，经常表达出他对中古两国在共同应对人口老龄化问题上的期待。在跟自己的老朋友蒲慕明交流时，裴德乐了解到，中国一直在酝酿和启动自己的“脑计划”，裴德乐感到非常高兴，觉得这是中古科技合作的重要契机。

“中国脑计划”项目虽然起步较晚，但进展迅速。裴德乐了解到位于成都的电子科技大学在这方面成就斐然。电子科技大学的主攻方向是脑机接口、类脑智能研究等，之前已经积累了大量的科研数据，有非常扎实的基础。为此，裴德乐大为振奋。因为裴德乐从大学时代就醉心于电脑与人脑的“对接”——也许，中国同行们走的路径完全不同，但肯定能遇上“知音”！

到了成都，来到电子科技大学，裴德乐有一种感觉：相见恨晚，真是相见恨晚！为什么不早几年来电子科技大学呢？

2013年，裴德乐被电子科技大学聘为“协议教授”，双方经过了短期的“磨合”，裴德乐由“协议教授”变成“全时教授”。不久，裴德乐放弃了古巴的工作，成为电子科技大学的“全职教授”，把自己的科研成果，毫无保留地奉献给这个他一直深爱的国家。

# 电子科技大学，让他一见钟情

电子科技大学，让裴德乐一见钟情！

在国际交往中，中古两国有一种特殊的血缘关系。裴德乐在与中国学者进行学术交流的过程中，深切体会到中国同行肝胆相照的友谊，只要他们得知他来自古巴，都会特别热情。

进入21世纪，中国的教育、科技、经济、社会的飞速发展，更是深深地吸引着裴德乐，他说："无论在哪个方面，中国都无疑是我实现人生理想的最佳国度。"

中国有几千所大学，裴德乐独独选中了位于成都的电子科技大学，并非偶然。

经过慎重考虑，裴德乐向有关方面表达了访问电子科技大学的意向。

裴德乐很快收到了电子科技大学生命科学与技术学院负责人尧德中的邀请函。他们在电话中商定，可以在成都共同组织一次国际脑科学会议。一切准备就绪后，裴德乐立刻从哈瓦那飞往成都。

尧德中是中国脑科学研究方面的佼佼者，是美国医学生物工程院（AIMBE）会员。他在国内外高端科研刊物上发表了多篇高质量的论文，他关于脑电成像的论述，给裴德乐留下了非常深刻的印象。

百闻不如一见，电子科技大学的硬件设施，超出了裴德乐的想象。

首先，电子科技大学的新老建筑，让裴德乐眼前一亮。

电子科技大学沙河校区那体量巨大的苏式建筑——学校行政大楼，横跨两百多米，罗马柱拱卫的大门，大气磅礴，显示出历史的厚重感。深秋的阳光下，一排排粗壮的银杏，片片黄叶如同金箔，闪耀着迷人的光彩。

再看电子科技大学正在建设的清水河校区，静静的清水河依傍校区流过。一栋栋现代建筑坐落在树林与湖泊之间。几乎每个学院都独享一栋大楼，这些大楼采光良好，宽敞通透，内部装修高雅且非常实用。宽阔的林荫道与精细的绿化带相互交织，把校区联结成一个有机的整体。

裴德乐的目光扫过生命科学与技术学院所在的大楼，高耸的建筑物虽沉默无言，却处处展现出中国科学技术奋力追赶世界先进水平的雄心壮志。

尧德中向裴德乐介绍说："电子科技大学原名成都电讯工程学院，简称'成电'，是 1956 年在周恩来总理的亲自部署下，由交通大学（现上海交通大学、西安交通大学）、南京工学院（现东南大学）、华南工学院（现华南理工大学）的电讯工程有关科研机构合并创建而成。经过五十多年的建设发展，电子科技大学在电子信息领域形成了包括电子材料、器件、组件、系统、整机、测试、标准在内的完整创新链。作为中国高校电子信息领域高新技术的源头和创新人才的基地，电子科技大学在中国乃至世界的电子信息领域皆具有独特优势，吸引了许多中外优秀学者加入，一起在这片热土上开创事业。"

中午 12 点，学生们下课了——或骑自行车匆匆驶过，或三五成群快步行走，熙熙攘攘，有说有笑，奔向食堂，仿佛一幅绚丽多彩的青春画卷！

生命科学与技术学院所在地——电子科技大学清水河校区综合楼

尧德中又介绍说："学校设有清水河、沙河、九里堤三个校区，校舍总建筑面积 149 万余平方米，拥有馆藏丰富的现代化数字图书馆和一批设施齐备的现代化体育场馆。"学校大力实施国际化发展战略，已与世界 70 多个国家和地区的 200 余所大学、科研机构、企业建立了友好合作关系，同一批国外知名高校签署了学生交流及联合培养协议。在加拿大麦吉尔大学、美国威廉玛丽学院和英国格拉斯哥大学等建立了海外高端学术培育基地和教学培训基地。40% 的本科学生在校期间有海外学习经历，学生长短期留学目的地覆盖近 50 个国家和地区。现有 1000 余名来自全球 100 多个国家和地区的长期留学生在校学习。"

裴德乐选中电子科技大学，最主要的原因当然是学校的科研成绩突出，又跟他的专业对口。这所高校早在 1982 年就成立了生物电子学研究室，该研究室在 1986 年并入自动化系，后更名为生物医学工程与仪器教研室。2001 年 11 月，电子科技大学以生物医学工程专业为基础，整合校内相关师资，成立了生命科学与技术学院。生命科学与技术学院的成立，主要是为了进一步推动生物医学与电子信息间的交叉融合，脑信息科研正是其中的重点研究领域。

来成都之前，裴德乐通过各种信息渠道，对电子科技大学的科研力量和成果已有比较深入的了解，知道电子科技大学有不少科研成果都享誉国际，并且有的研究领域跟他的研究方向非常接近。电子科技大学在对外开放方面的姿态更是引人瞩目，它热情拥抱来自世界各地的人才。更令人印象深刻的是，整个学校的氛围和谐友善，裴德乐深切感受到，这真是个做学问的好地方。

在尧德中进入脑科学领域之前，电子科技大学的生物医学工程专业主要侧重于医疗仪器、医学信号与图像处理等方面，几乎没有涉及脑信息科学研究。因此，尧德中就成了学校在脑信息科学领域第一个“吃螃蟹”的人，也是四川省最早一批开展脑信息研究的科学家之一。

尧德中和裴德乐的研究方向比较接近，都是脑信息处理，即在分析处理脑信息的基础上，开发相关的脑信息处理技术和产品。他们分别在各自的研究方向上取得了丰硕成果。正所谓“志合者，不以山海为远”，虽然远隔千山万水，尧德中也早就注意到这位国际著名的古巴脑科学家的不凡成就，对裴德乐的论文几乎每篇必读，十分钦佩。

随着研究的不断深入，裴德乐和尧德中在学术期刊上越来越多地读到了对方的论文，平行的时空也开始出现了更多的交点，两人虽未谋面，却早已实现了“精神交流”。

裴德乐到成都后，跟尧德中一见如故！

尧德中面目慈祥，为人和蔼，态度真诚，十分谦逊低调。他跟

电子科技大学清水河校区掠影

电子科技大学信息医学研究中心

任何人谈话都始终面带微笑，总是非常专注地倾听别人讲话，哪怕对年轻学生比较外行的提问，他也会给出详细的、既专业又通俗的讲解，深得同行的钦佩和同学们的爱戴。

尧德中于1965年8月生于重庆市南川区，他比裴德乐小整整15岁，由于志同道合，两人很快成为亲密的朋友。

尧德中从本科到博士后的四个阶段，先后学了物理、土壤物理、地球物理、电波传播；在电子科技大学正式工作后，又转向了脑科学。裴德乐好奇地问道："尧先生，那您后来为什么又会转向搞脑科学研究呢？"

尧德中平静地回答："这是因为我对这门学科有浓厚的个人兴趣和爱好，加上国家急需这方面的科研人才，于是我在正式工作后，改行进行大脑和信息的交叉研究。"

在为人类服务这一总目标下，如何服务可以有各种选择。最理想的选择当然是基于个人兴趣。朴实无华的回答，引起裴德乐的强烈共鸣。因为，兴趣是最好的老师，兴趣会产生无穷的动力！

裴德乐想起来，自己不也正是从小就对大脑有着浓厚的个人兴趣吗？少年时代的那个冬天，从芝加哥去乔治亚州的那次路遇棕熊的经历至今记忆犹新：车窗玻璃外那个硕大的熊脑袋里到底在想什么？裴德乐虽然至今也没有搞清楚，但他依旧对其抱有浓厚兴趣。

个人兴趣与造福于人民的强烈愿望结合起来，定能作出了不起的成就。裴德乐觉得，这正是他跟尧德中“心心相印”之处。

对裴德乐来说，选择具体的合作对象除了专业对口、学术匹配外，人的因素至关重要。他曾走访世界各地，与多国科研工作者有过合作，尽管有的科研机构大名鼎鼎，但与那里的人们相处并不容易，这往往会为合作产生带来一定阻碍。因此，裴德乐十分看重工作氛围，尤其是合作者的脾气秉性和素质。

到底适不适合在成都工作，裴德乐起初并无把握，跟尧德中见面后，他将顾虑彻底打消，不再犹豫，就是电子科技大学了！

当时，有些人并不太了解裴德乐，对发展中国家古巴在这方面的科研能力和成就也有一些怀疑。尧德中告诉他们：“古巴的医疗制度和生命保障措施非常完善，他们的神经科学尤其是脑功能成像研究走在世界前列，已达到国际先进水平，其代表

2018年4月20日，裴德乐（左）与尧德中（右）

人物就是裴德乐。他在国际脑科学领域具有举足轻重的地位，我们认为与这位成绩斐然的古巴科学家合作，是完全可行的。”

这个言简意赅的专业评价，一锤定音。

紧接着，由裴德乐建议并积极参与的国际学术会议在电子科技大学沙河校区举行，他邀请来了久负盛名的业内大师。会议开得庄重、热烈且高效，充分展现了裴德乐作为“科研外交家”的非凡风采。裴德乐滔滔不绝，介绍了他非常熟悉的国外脑科学的研究情况，并热情洋溢地对中国的脑科学成果给予充分的肯定，明确表达了打算在成都与电子科技大学进行长期合作的意向。

这可以说是裴德乐在电子科技大学的第一次亮相。

之后，尧德中带着裴德乐及其夫人玛丽亚，参观了电子科技大学生命科学与技术学院。

生命科学与技术学院在 2008 年就由教育部批准成立了神经信息教育部重点实验室。这个实验室的前身是 1999 年建立的生物医学信息检测与智能信息处理重点实验室，隶属于信息产业部。神经信息教育部重点实验室联合四川省教育旗下的生物医学信息技术重点实验室，成为推动生命科学与技术学院科研事业迅猛发展的强力引擎。

该实验室以神经电生理、磁共振成像和理论分析为主要研究手段，融合神经生物学、认知心理学和信息科学的理论与技术，致力于开展脑功能与重大脑疾病的神经信息基础研究，发展脑机交互技术、神经系统疾病诊疗技术和受脑功能启发的脑样信息处理技术。

听了尧德中的介绍，裴德乐欣喜地发现，这个实验室的研究方向，原来早就与他的学术方向不谋而合。

尧德中告诉他，经过多年建设，生命科学与技术学院已具备较

2017年9月，国际临床神经生理学联合会（IFCN）会议在成都举行

为雄厚的科研实力，在神经信息基础研究与相关新技术发展方面达到国际水平，并在脑与认知神经科学领域展现出鲜明的特色。实验室倡导和鼓励各研究方向的学术融合，并促进在多层次上基于多种手段获得的神经信息之间的交流与对话，共同服务于理解脑、保护脑和模拟脑的研究。

尧德中说："神经信息教育部重点实验室是电子科技大学生命科学与技术学院拥有的众多科研平台之一。截至目前，学院已有一个国家级平台——神经信息科技部国际联合研究中心；五个省部级重点实验室及研究平台，分别是神经信息教育部重点实验室、神经信息国家外专局－教育部创新引智基地、高场磁共振脑成像四川省重点实验室、成都脑科学研究院临床医院、四川省脑科学与类脑智能研究院；还有四个校级科研平台，即信息医学研究中心、信息生物学研究中心、精神病学与心理学研究中心、医疗器械装备研究所，研究条件均已达到国际先进水平。"

此外，在电子科技大学优势学科（电子信息等）与丰沛的脑疾病临床资源的支撑下，学院还建成了中国医学科学院神经信息院外创新单元、电子科技大学附属四川省人民医院神经内科与神经外科、天府绛溪实验室类脑智能研究中心、四川脑科学与类脑智能研究院等科研基地。

参观考察结束后，裴德乐惊喜地对玛丽亚说："瞧，这不就是我们在古巴的科研基地吗？中国俗话说的'天时地利人和'，电子科技大学全都具备。亲爱的玛丽亚，看来我们选对了地方！"

第五章
PART 5

# 来了就不想走

# 雪山脚下的大都市

美国《国家地理》(*National Geographic*)杂志曾多次介绍中国四川成都,称赞成都西部的雪山十分美丽。成都平原就是美丽富饶的"东方伊甸园"。

除了学术研究环境,成都这座中国西部的超大城市,其独特的城市氛围也给裴德乐夫妇留下了深刻而美好的印象。

与中国其他一线大城市相比,成都最突出的特点就是怡然自得的松弛感。城市风格完全不像北京、上海、广州、深圳,大街小巷没有急匆匆走路带风的行人,也没有竞争十分激烈的商业氛围,一切都显得自然平和。人们说话做事不紧不慢、从容不迫,大街小巷到处都是茶馆、饭店,处处是欢声笑语。每当遇到体育赛事、演唱会等活动时,成都市民展现出的万丈热情,让人不禁联想到充满活力的巴塞罗那。

经过深入了解后,裴德乐发现,休闲不仅是成都人的一种生活态度,更是成都人的一种生活方式,他们工作是为了更舒适的生活。但是,成都人干起实事来照样拼尽全力,否则成都也无法发展成为经济发达、国内生产总值(GDP)长期位居中国城市前列的"新一线"城市。

正如一个关于成都人十分贴切的妙喻所说：从表面上看，成都人像河里的鸭子，好像一直在嬉戏玩耍，而在看不见的水下面，鸭子们的蹼却一直在努力地划动。

这让裴德乐想起他的恩师塔里娅，她总是把努力工作与尽情玩乐非常巧妙地结合起来。

成都的自然环境之美，也让裴德乐赞叹不已。这座城市周边有许多壮美的自然景观，天气晴朗的时候，成都是中国唯一在市中心就能清晰看到海拔七千多米的雪山的现代化大都市，这在世界各国中也堪称罕见。裴德乐多次去过法国里昂、瑞士苏黎世、德国慕尼黑、奥地利维也纳，在这些城市的市中心虽然也能看到白雪皑皑的阿尔卑斯山，但这位“欧洲女神”的最高海拔不过四千多米，其高度不能跟成都周边海拔七千多米的贡嘎雪山、海拔五千多米的西岭雪山相比，而这些雪山，都在成都人的视野范围之内。

“窗含西岭千秋雪，门泊东吴万里船。”中国唐朝的伟大诗人杜甫对成都的描写，在一千多年后仍然深深地打动了这位来自拉丁美洲的古巴老人。令裴德乐感到尤为惊奇的是，尽管成都地处内陆，但从地理和气象学的观点看，她居然属于典型的亚热带季风气候！这一特点让从小在海边生活的裴德乐，又多了一份亲切感。

成都冬天不太冷，夏天不太热，由于独特的地理环境，这里物产丰富，人民丰衣足食。裴德乐感到，对于他这个在大部分地区属于热带海洋性气候国家长大的古巴人来说，成都的这一切太神奇了。

成都的大熊猫基地举世闻名，川菜和川酒独具特色，而以火锅为代表的饮食文化更是一道独特而亮丽的风景线。裴德乐感到，中国西部这座城市很像他熟悉的圣地亚哥。这里气候宜人，生活舒适，市民文化素质和修养比较高，既热情洋溢又知书达礼。在这里，年轻人可以坦然地穿着颇具中国传统的汉服或“二次元”等新潮服饰在太古里逛街；也可以在酒吧、歌舞厅随着强劲的摇滚乐高歌劲舞，正如古巴那句古老的诗句所说，“灵魂，是用来歌唱的”；喧闹过后，他们也可以捧本书坐在某个角落，安安静静地读上一整天。

裴德乐十分喜欢成都这种动如脱兔、静如处子的氛围，它很适合从事科研的人在这里工作、生活、思考。

最能体现一座城市文化格局的是书店、图书馆。成都是中国书店资源十分丰富的城市，从小酷爱阅读的裴德乐特意去逛了成都几家有名的地标性书店，如方所、钟书阁、西西弗、三联韬奋等。他发现每到节假日，书店里面总是挤满了求知的人，附设的咖啡吧和水吧也常常座无虚席，人们静静地专注于阅读。

成都给裴德乐的深刻印象，使他开始如饥似渴地阅读各种介绍中国文化的书籍。他还买了英文版的《红楼梦》仔细研读，领略中国文化的奥义、中国情感的浪漫。之后，他又阅读了英文版的《西游记》《聊斋志异》等中国古典小说。裴德乐看得津津有味、爱不释手，他不无感慨地对玛丽亚说：“没想到中国人早就有了这么多奇思妙想！”他甚至尝试从这些伟大的中国文学作品中找到科研灵感，将其作为探究人类思维特征、大脑活动奥秘的突破口。

裴德乐在北京、上海的朋友早就对他说过，他们想在退休之后到成都生活。裴德乐对妻子谈起此事，玛丽亚惊奇地扬起眉毛，她说：“为什么要等到退休呢？我们完全可以在成都一边工作，一边享受生活嘛。”

原来玛丽亚也对成都“一见钟情”。她曾经通过中国著名导演张艺谋拍摄的一部纪录片了解过成都，其中有一句话让她印象非常深刻。她对裴德乐说："这里的人们非常友好，真的是一座'来了就不想走'的城市！"

## 享受成都的烟火气

在电子科技大学生命科学与技术学院，平时与裴德乐夫妇打交道最多的，莫过于学院的办公室主任黄百灵。

黄百灵能力出众，谈吐优雅，思维敏捷，表达精准，办事高效且善解人意。第一次见面，黄百灵就给裴德乐留下了良好的印象，玛丽亚更是十分喜欢这位精力充沛、风风火火的中国朋友。在后来的岁月里，他们成为关系密切的老邻居，玛丽亚与黄百灵更是建立了如同姐妹般的亲密关系。

黄百灵一直负责电子科技大学引进人才的后勤保障工作。2013年，裴德乐成为电子科技大学的"协议教授"后，他们夫妇的后勤保障工作自然由黄百灵负责。

电子科技大学在沙河校区教学主楼为裴德乐提供了一间办公室。裴德乐对办公设备有自己的使用习惯，电脑、传真机、打印机等要用指定的品牌。黄百灵心里有些没底，但将情况汇报上去后，院校领导当即拍板，尽量为裴德乐的科研和教学工作提供方便。于是黄百灵四处奔走，替裴德乐张罗办公设备。

裴德乐夫妇居住在成都建设路附近的某小区，虽然新住宅离学校不远，但黄百灵知道玛丽亚的膝关节有问题，上下班步行超过一公里还是比较困难。于是，她特意借了一辆电动自行车送过去，方便裴德乐夫妇出行。

为了便于裴德乐顺利开展工作，学院办公室为他配备了一位名叫张瑞的博士生作为兼职秘书。因为裴德乐夫妇当时已经六十多岁了，黄百灵要求张瑞不仅要做好翻译工作，还要在日常生活方面尽力照顾他们。

张瑞费心尽责，深得玛丽亚的喜爱，她简直把张瑞当成了自己的儿子。在生活上遇到解决不了的难题，玛丽亚往往并不直接找学校，能不麻烦黄百灵的尽量不麻烦，总是私下跟张瑞商量，从他那里寻求帮助。张瑞的工作能力很强，对这些困难总能想方设法、不声不响地圆满解决。

张瑞在给裴德乐当工作助手并照顾他们夫妇生活的同时，还要坚持学习，开展研究工作，十分辛苦。这让玛丽亚有些心疼，于是能自己解决的问题，她便不愿再去麻烦这位年轻人。

成都的夜晚十分热闹，张瑞为了缓解工作和学习压力，有时也选择放松一下，晚上先与朋友们聚会后才回家。玛丽亚知道后，常常因担心他的安全而坐立不安。少年时代，裴德乐在芝加哥街头遇到帮派袭击的故事，玛丽亚早就听说过，她生怕张瑞也遇到这种事情，同时希望张瑞能有更多的时间吃好、睡好、休息好，身体健康。

为了确保张瑞是安全的，玛丽亚干脆要求张瑞每天必须在晚上十点钟前回家，到家后给她打一个报平安的电话，她才会放心。黄百灵知道后不无感慨地说："只有母亲对儿子，才会关心到这种程度了。"

玛丽亚还请黄百灵帮她多关注张瑞的安全。黄百灵笑着说："玛丽亚，你别担心，成都的治安没有任何问题，晚点回家不会有什么事的。"

这件小事体现了玛丽亚对中国年轻人的关爱。在裴德乐夫妇的关怀和提携下，张瑞后来作为电子科技大学的博士交换生留学古巴，学成回国后在河南医科大学工作，成长为青年科研才俊。

一日三餐是最稀松平常的事了，但对很多外国人来说，使用筷子吃饭是一个极具难度的挑战。他们看见中国人用两根细长的木棍夹起人间百味送入口中，觉得简直不可思议，但对裴德乐来说这不是问题。早在美国纽约大学攻读博士学位时，他就经常去唐人街中餐馆享用心爱的中华料理，那时他就已掌握了这个"独门绝技"。然而，后来由于长期没有机会使用，这门常令亲朋好友羡慕的"绝活"，也差不多忘光了。

来到成都后，裴德乐重新开始练习使用筷子。训练时间定在午餐时间，无论吃什么食物，他必配一双筷子练习夹菜，仅用一个多月时间便重拾旧艺，熟练掌握了筷子的使用技巧。

裴德乐身边的一些外国专家在成都住了几个月甚至几年之久，仍然只会使用刀叉。后来，裴德乐的女儿带着外孙女来到成都与他和玛丽亚团聚，使用筷子也是困难重重。她们认为刀叉、筷子不过是工具而已，吃个饭，没必要搞得那么复杂。裴德乐却坚持认为，必须入乡随俗。

裴德乐手把手地教他们如何灵巧地用筷子夹菜。他说，如果实在困难，那就先用餐刀把食物切成小块，这样就比较容易夹起来了。

裴德乐的英国老朋友孔哲文，原先也是个"筷子盲"，他始终觉得这个“技术活儿”太难了，来电子科技大学好几年了，仍然执着地使用刀叉，每次他们在一起用餐，裴德乐见孔哲文对筷子视而不见，总是忍不住要“训练”他。

他一脸严肃地对孔哲文说：“老兄，你瞧，你是研究孤独症的，看到你这么顽固，我都快得孤独症了，你于心何忍？使用筷子虽然是个技术活儿，总比你研究科学问题容易得多嘛！来，我教你！”

经过裴德乐不厌其烦的训练，这位来自伦敦的英国老人第一次用筷子夹起了食物，他将它高高举起，像个小孩一样兴奋地叫道：“瞧，我成功了！”

这些小事体现了裴德乐对中国文化的重视与认同。

2015 年，裴德乐的科研团队初步构建完毕，古巴青年技术专家卡尔应裴德乐的邀请来到电子科技大学生命科学与技术学院，负责管理团队的高性能计算机服务器。初来乍到的卡尔住在酒店里，那里的餐厅刀叉齐备，他对筷子完全没有兴趣。直到有一天裴德乐请他到学校餐厅吃午饭，卡尔这才知道教授要“修理”他了。

“我警告你，卡尔，你可得准备好用手抓饭哦！”裴德乐一脸神秘地说。

卡尔一头雾水，不明就里。他跟着裴德乐走进餐厅，琳琅满目的美食令卡尔垂涎欲滴。他买好饭菜后急不可待地四处寻找餐具，却发现到处都只有筷子，没有刀叉。

卡尔愣愣地望着裴德乐：“莫非真要叫我用手抓不成？”

看着卡尔手足无措的样子，裴德乐笑出声来，接着拿起一双筷子塞到卡尔手里，开始指导他：“卡尔，看好了，首先，你试试用两根筷子从盘里夹食物送到嘴里。”

卡尔照做，但是手指颤抖，连稳住筷子都很困难。

裴德乐鼓励他："没关系，让我们试试第二步，用筷子从盘里挑东西吃。"

有了裴德乐的悉心指导，卡尔很快能用筷子将食物送到嘴里了。不过对于四川特色传统菜肴如"蚂蚁上树"（又名"肉末粉条"）等，他仍然感到很有难度。

这道菜是用滑溜溜的细红薯粉条加肉末做成的，好似蚂蚁爬在树枝上，因此得名。要用滑溜的竹筷牢牢夹住滑溜的粉条，再爽快地送进嘴里，绝非易事，稍有不慎就会发生"事故"。其实这对裴德乐来说也不是那么容易，常常刚送到嘴边，不听话的粉条就滑到桌子上，甚至溜到地上……

玛丽亚走过来收拾残局，一脸严肃地对他说："裴德乐，看来你也得继续操练。"

成都火锅全国有名，在所有的成都美食中，裴德乐最钟爱的也正是火锅，他自己喜欢不说，还经常组队去享用，这个火锅团队的成员都是电子科技大学的师生。有些味道甚佳但位置偏僻的火锅店，连成都本地人都没去过，但裴德乐却轻车熟路。

火锅食材的多样性和麻辣鲜香的味道，总是强烈地吸引着裴德乐，各种食物在火辣滚烫的汤锅里烹煮，裴德乐吃得汗流浃背还要求加菜、加汤。吃到高兴处，裴德乐还会即兴发表演讲，他说火锅宛如中国多民族文化的交流融合，火锅的包容，就像中国文化对世界的接纳与开放，因此我们享受的不是火锅而是文化……

在成都的很多外国友人也喜爱吃火锅，但遇到鸭舌、牛肚、黄喉等食物时，按他们通常的习惯是对其敬而远之。但裴德乐对此毫无禁忌，只要味道好，他就欣然接受。有时他突然嘴馋，如果临时找不到志同道合的“锅友”，他哪怕一个人也要骑着电瓶车去吃火锅。怡然自得地坐下后，老练地点上红白相间的“鸳鸯锅”，再点上三五碟小菜。筷子在热辣火锅里翻飞，美味在唇齿间流淌，这一切使他颇像一位快意江湖的美髯侠客。

成都的慢节奏生活与独特的娱乐方式，让裴德乐对这座城市的烟火气爱得更加深沉。成都的咖啡馆之多，仅次于上海。老年人泡茶馆，年轻人品咖啡，这是成都特有的时尚。裴德乐非常喜欢这种氛围，但他不觉得自己是老年人，他更爱像年轻人那样去泡咖啡馆。

空气中弥漫的拿铁香，常常让裴德乐不由自主地想起他的故乡——古巴哈瓦那，那里是著名的咖啡豆产地。悬挂在枝头红红绿绿的咖啡果，会让他恍然回到马埃斯特腊的山坡上，他仿佛又在跟当地农民顶着烈日采摘咖啡豆，然后曝晒、研磨，咖啡尚未开泡，溢出的香味已沁人心脾。

“每当我闭上眼睛享受咖啡的时候，它就会把我带回年轻时代，回到我亲爱的祖国古巴！”裴德乐深情地说。

在电子科技大学生命科学与技术学院，裴德乐每天清晨走进办公室做的第一件事，就是用一杯咖啡来开启繁忙的一天。他从不用速溶咖啡粉，他觉得那不是享受咖啡，那叫解渴。打开咖啡机，选择一款自己最常喝的咖啡豆，倒进研磨机细细研磨，咖啡绽放出浓郁的油脂和馥郁的香气，那是裴德乐一天中最享受的时刻。

享受生活，然后工作，然后再享受生活，这正是成都的氛围和格调，裴德乐深得其妙。他觉得这里跟故土古巴哈瓦那，何其相似！

对古巴人来说，咖啡不仅是一种饮料，更是一种社交方式。生命科学与技术学院的卢竞不仅是裴德乐的同事，也是他十分要好的朋友。他们讨论严肃的科研课题时，常常找个地方坐下，人手一杯咖啡。谈及裴德乐与咖啡，卢竞说：“又浓又苦的咖啡最对裴德乐的胃口，是他保持清醒头脑必不可少之物。他一边呷着咖啡，一边和我分享国际上的先进研究理念。我与他一道参加、举办国际高端学术论坛时，他也是咖啡从不离手。看到他十分享受的样子，我会想他那敏捷的才思，是不是就来自咖啡？所以呢，为了验证我的猜想，我也养成了喝咖啡的习惯。”说到这里，卢竞不禁发出了爽朗的笑声。

周末，裴德乐会来到玉林路转角处的咖啡店品味“火锅味咖啡”，有时又会去探寻繁华的市中心春熙路的“熊猫拉花咖啡”。他说：“我和朋友聚在一起的时候，总能在成都的街头巷尾发现各种创意和惊喜。”

裴德乐和玛丽亚还考了中国驾照，然后买了一辆越野车。在工作之余的节假日，夫妻俩会兴致勃勃地开着车到处游玩。青城山、都江堰、西岭雪山等成都周边的著名景区，再远一点的九寨沟、黄龙，都曾留下他们的足迹。

裴德乐奇怪汉语中为什么会有“乐不思蜀”这个成语。

这么好的蜀，不思能行吗？

# 伉俪情深

2015年，经过几年的磨合之后，裴德乐正式成为电子科技大学的“全时教授”。比起“协议教授”来，这又进了一大步。裴德乐每年将有九个月时间在中国讲学、做科研。

成为“全时教授”对裴德乐夫妇来说，是一件十分重要的事情，他和玛丽亚十分兴奋，决定搞一个派对，来庆祝将在中国成都开启新的人生阶段。

派对办得很正式，夫妇俩首先向学校和院系的有关领导和同行逐一发出邀请邮件，然后玛丽亚由翻译张瑞陪同，去附近的商场买鲜花装饰房间，欢迎客人。有趣的是，玛丽亚挑来挑去看中了一大束鲜艳的郁金香，但由于这是刚上市的新鲜花朵，价格非常昂贵，一束郁金香竟然要价将近二百元。玛丽亚不是一个铺张的人，但因为太喜欢郁金香了，实在舍不得放弃，最后她选择了其中最大的一朵，花了二十多元人民币买下。

裴德乐夫妇平常就很讲究生活情调，他们的小屋布置得精致整洁，颇有艺术氛围。虽然只有一朵郁金香，但插在花瓶里仍然熠熠生辉，满屋洋溢着裴德乐夫妇喜悦的心情。

客人如约陆续到齐，屋里挤满了裴德乐的中国同事和学生，裴德乐正儿八经地致辞，他感谢成都对他们夫妇的接纳，激动地说：“从今天起，我和玛丽亚就算在中国落地生根了，我们将在成都开始崭新的人生，我们非常高兴！”

墨红色的葡萄美酒酙满一个个杯子，大家举杯祝贺裴德乐夫妇。接着，大家玩起了中国的传统游戏“击鼓传花”。尧德中竟然中招，按规则必须站起来唱一首歌。尧德中在科研方面是把好手，但唱歌跳舞却是他的弱项，大家不依不饶地起哄，尽管裴德乐试图为他解围，希望大家能放他一马，但也未能奏效。无奈之下，尧德中想到黄百灵平时酷爱唱歌且嗓音出众，于是请求黄百灵代他演唱了一首电影插曲，这才勉强应付过去。

在一片欢乐的气氛中，裴德乐打开唱机放起了古巴音乐，夫妇俩随着优美的旋律翩翩起舞，将派对的气氛推向了高潮。

1991年，裴德乐（右）与玛丽亚（左）

裴德乐的生命中有两位重要的女性：一位是他的科研恩师——塔里娅，另一位就是他亲爱的妻子——与他终身相伴的玛丽亚。

玛丽亚学的是心理学，做过程序员，曾在古巴交通部的人力资源部门工作。她曾苦苦探寻如何在计算机上使用统计技术，即从大量数据中提取需要的结果，当时的她在学习一种叫作“因素分析”的方法时遇到了障碍，一位朋友向她推荐了裴德乐。

玛丽亚压根没想到，这次邂逅让她和他最终走到了一起。

当玛丽亚走进裴德乐的办公室时，裴德乐正在和其他程序员讨论问题。裴德乐热情接待了玛丽亚，圆满解答了她的疑问，他的妙语连珠让玛丽亚对他刮目相看。

裴德乐不仅仅简单解答了玛丽亚的疑问，他还建议玛丽亚在“因素分析”之后，再进行“方差最大旋转”，这是裴德乐自己编写的一个有些难懂的“数学变换”程序，这让聪颖的玛丽亚越过了那道艰难的障碍，进入了一个崭新的学术研究境界。

这之后，玛丽亚成了研究室的常客，用各种问题“打扰”裴德乐，而裴德乐一反常态，哪怕再忙也会放下手头工作，跟玛丽亚聊上好一阵，显然，话题已经不仅仅是“因素分析”了。

每次，当玛丽亚带着几分甜蜜的羞涩离开后，早已看出端倪的朋友们就会跟裴德乐打趣，问他用什么法术，让这位妙龄女孩对自己一见钟情。

裴德乐一脸严肃地告诉他们：“对女孩来说，‘方差’最大旋转永远不会失败……”

之后，裴德乐与玛丽亚开始了甜蜜的约会。让他俩情投意合、关系迅速升温的不仅是爱情，还有对科学的热情，以及政治理想上的心灵相通。在玛丽亚的眼中，裴德乐是一个充满智慧与人格魅力的男子汉，他不仅在计算机科学方面有着深厚的造诣，还对心理学、统计学和古巴的革命历史有着独到的见解。裴德乐的才华与博学令玛丽亚敬佩不已，他幽默风趣的性格、对她无微不至的关爱，更是深深俘获了玛丽亚的心。最终，她与裴德乐结成伉俪。

当裴德乐决定扎根中国、定居成都时，他还曾担心妻子不愿意跟他一起去这个遥远而陌生的国家生活。然而玛丽亚坚定地对他说："听着，裴德乐，你别想甩开我，哪怕走到天涯海角，你到哪里我就到哪里！"

来到成都后，夫妻俩很快适应了这里的生活，裴德乐在古巴老家就是一个百般宠爱妻子的"暖男"，在成都依然如此。每天早上，裴德乐都会给妻子煮好咖啡，然后上街买食材回来给她做早饭。玛丽亚一旦有个头疼脑热，裴德乐就坐立不安，非要送她上医院不可，而大多数情况下，玛丽亚往往休息一会儿就没事了。

平时在家里，除非来了客人，裴德乐要忙着应酬来不及做饭，否则玛丽亚基本不用做饭，系上围裙下厨的总是裴德乐。由于玛丽亚腿有旧疾，裴德乐承包了大部分家务活，他家的常客黄百灵看见裴德乐拖地、擦窗忙得满头是汗，而玛丽亚坐在沙发上看电视，便跟他打趣道："你呀，简直就是一个'耙耳朵'。"

裴德乐不解其意，黄百灵解释说，这是成都土话"怕老婆"的意思。

裴德乐听后不禁哈哈大笑，然后一本正经地对黄百灵说，它的学名应该叫作"a model husband"——模范丈夫。

裴德乐很喜欢"耙耳朵"这个绰号，他认为"怕老婆"的丈夫实际上对妻子怀着深切的挚爱，从更深的层次看，这是男性对女性发自内心的尊重，而是否尊重女性，体现着一座城市文明程度的高低。

黄百灵对此深表赞同。

裴德乐跟她打趣道："那么你先生呢？他的耳朵怎么样？"

黄百灵想了想，神秘一笑回答："我家那位不叫'炽耳朵'，叫'气管炎'。"

裴德乐一头雾水，黄百灵故意不作解释。她走后，裴德乐赶紧去查中英文对照词典，可是除了严肃的医学词条，怎么也找不到这个词的引申语义。他只好让玛丽亚去向助手张瑞求教，这才知道"气管炎"谐音"妻管严"，与"炽耳朵"同义，全国通用。

裴德乐故作愁眉苦脸地问玛丽亚："那么你看，我用哪一个为好？"

这一次，轮到玛丽亚哈哈大笑了。

裴德乐夫妇对所有生命都充满尊重和热爱。一天，裴德乐在成都街头遇到了一条可怜的流浪狗，它眼巴巴地看着裴德乐，那无助的眼神，锁住了他的脚步。

2019年，裴德乐夫妇（左二、左三）与中外朋友们在成都（图中的小黄狗为妮娜）

裴德乐将小狗带回家，小狗可怜地叫着，努力向玛丽亚身边靠拢，仿佛天生跟她有缘，玛丽亚的心都快融化了。小狗从此成为裴德乐家的一员，他们还给小狗取了一个西班牙名字妮娜，这个名字是“小姑娘”的意思。

夫妇俩每天外出散步，妮娜总是摇头摆尾地紧紧跟在后面，她最喜欢在裴德乐夫妻二人看电影时与他们一起依偎在沙发上。两人一狗，三餐四季，生活中的这些小美好，让裴德乐夫妇感到无比幸福。

裴德乐夫妇在电子科技大学的同一个科研团队工作，深入研究全球健康、营养不良、EEG 常模等项目。谈起与裴德乐的合作，玛丽亚深情地说：“我们出现分歧的时候很少，大多数情况下我们意见一致，总是朝着同一个方向努力。唯一的矛盾是，裴德乐在工作上不知疲倦，而我希望他能更多地休息，他总是不听。我十分赞同裴德乐支持亚非拉国家人民健康事业的主张，从年轻的时候到现在，我们在这一点上想法都是相同的，那就是解决更多人的健康问题，如营养不良、神经发育等问题。他一直都在设法争取更多的资金来帮助非洲人民，现在我们也正在准备筹款，帮助更多国家实现‘脑计划’。白求恩精神，一直指引着他，使他成为一个非常坚强的人。他的人生原则就是‘一个人可以被毁灭，但是不能被打败’，他不会放弃任何一个目标，不会输掉任何一场战斗。和他在一起生活和工作，我感到很骄傲！”

知夫莫如妻，反之亦然，陪伴是最长情的告白。裴德乐说：“我和玛丽亚结婚三十余年，同甘共苦，风雨兼程，这辈子，她最懂我！”

# 中国的合作伙伴

静谧的夜，群星闪烁。树木葱茏的校园，轻风拂面，令人心旷神怡。

尧德中陪同裴德乐缓缓走在电子科技大学的林荫道上，不时有学生匆匆走过。图书馆大楼，仿佛是一艘泊在海港的巨轮，永远灯火通明，那是年轻学子们人生梦想启航的地方。这浓厚的学习氛围，让裴德乐想起年轻时就读的哈瓦那大学。

尧德中与裴德乐做了一次彻夜长谈。面对这位诚恳友好、极有涵养的中国朋友，裴德乐把多年来埋藏心底的愿望坦诚地表达了出来，他期望能够扎根中国，在电子科技大学生命科学与技术学院开展科研工作，以促进中古两国的国际科技合作。

在尧德中的积极引荐下，学校决定报备国家科技部和教育部，将裴德乐作为国际专家引进到中国，开展中古两国脑科学方面的合作。

报告很快得到上级的批准，2013 年，裴德乐正式成为电子科技大学的“协议教授”。

回顾这段相逢相知的经历，裴德乐充满感情地说：“当时我和尧教授见面的时间并不太长，但却像是认识了好多年的老朋友，虽然是第一次来到电子科技大学，我却有一种‘家’的感觉……”

除了尧德中外，生命科学与技术学院其他多位学者，也是裴德乐亲密的合作伙伴。

来到电子科技大学之后，学校为裴德乐提供了脑科学研究、人工智能领域及工程学领域的科研支持。他与李永杰、郭大庆等组成的研究团队，围绕阿尔茨海默病、儿童营养不良对大脑发育的影响、全球发展中国家健康事业的发展、促进人类脑疾病早期筛查等现实问题，致力于脑电、磁共振理论和方法的研究，在多导联电生理分布源成像、Granger 因果连接分析、神经集群数学模型和同步脑电－功能磁共振（EEG-fMRI）融合技术等领域取得多项国际公认的原创性成果，作出了国际性贡献。

阿尔茨海默病是一种常见的神经退行性疾病，主要影响老年人群。这种疾病导致患者记忆力逐渐衰退，与亲人虽近在咫尺却仿若陌路。

更残酷的是，患者的亲人不得不目睹这一令人心痛的过程！

在临床上，阿尔茨海默病的诊断主要依赖于病史、临床表现和一系列神经心理学测试。但是，这些方法往往只能在病情发展到中晚期时才能较为准确地诊断出来，而这时患者的脑细胞已经遭受了不可逆转的损伤，后果十分可怕。为了更早发现阿尔茨海默病的征兆并进行“预警”，裴德乐与李永杰、郭大庆带领的团队研发了一种基于脑电图的新技术，旨在实现阿尔茨海默病的早期检测。

这项技术的核心在于通过分析脑电活动的模式来识别患病风险。他们选择了一群携带阿尔茨海默病相关突变基因但尚未出现临床症状的人，以及一群年龄相仿的健康人作为对照组，采集了他们的脑电信号。通过对比分析，他们发现了一些关键的脑电活动差异，这些差异反映了大脑功能在微观层面上的变化，而这些变化在传统的临床检测方法中往往难以捕捉。

这项技术不仅为早期识别阿尔茨海默病提供了新的希望，也为理解疾病的病理、生理机制提供了重要线索。任何新技术从实验室到临床应用都需要经过严格的验证，裴德乐及其团队成员正在进行更大规模的研究，探索如何将这项技术与现有的生物标志物检测、影像学检查等方法相结合，提高诊断的准确性。

李永杰表示：“裴德乐教授的研究为我们打开了一扇通往早期发现和干预阿尔茨海默病的大门。虽然这项技术目前还处于研究和开发阶段，但它的潜力巨大，值得我们保持乐观的态度和积极的期待。未来，随着科技的进步和研究的深入，我们有理由相信，阿尔茨海默病的治疗和护理将会变得更加有效，为患者和家人带来真正的福音！”

生命科学与技术学院的陈华富是“脑成像与模式识别”研究的国家级领军人物。他带领研究团队围绕“神经精神疾病脑影像表征”

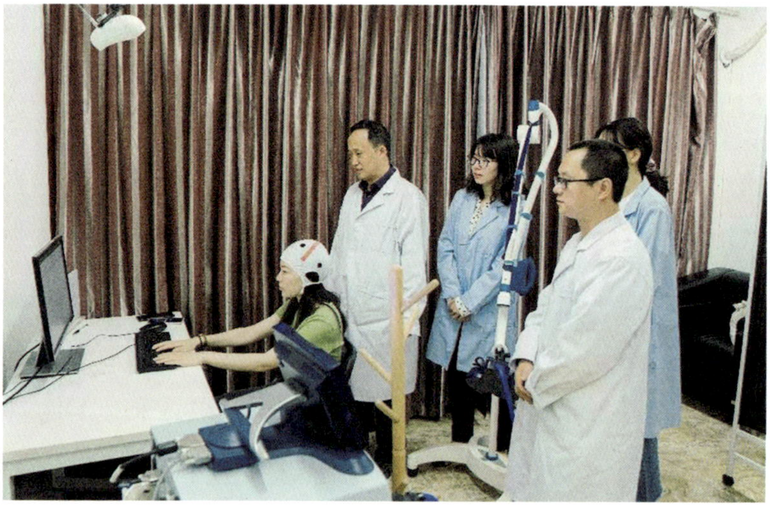

2020年，陈华富团队开展科研实验

的临床科学问题，探索脑编码、解码和模式识别方法，主要研究内容包括视觉图像脑编码与解码、脑成像模式识别、医学图像人工智能方法、神经精神疾病脑影像机制研究等重要问题。

陈华富带领的实验室由具有生物医学工程、信息科学、数学、心理学和神经精神疾病学背景的教授、副教授、研究员、主任医师组成，其中一些成员同时也是裴德乐研究团队的主力干将。陈华富团队在脑成像相关领域的国际学术刊物发表论文数百篇，获四川省科技进步奖自然科学类一等奖一项、教育部颁发的全国高等学校科学研究优秀成果奖（科学技术）自然科学奖三项。

智能医疗与数字健康研究团队的负责人陈意钒，是英国工程技术学会会士、新西兰工程学会会士，在基于微波医学影像的普惠性健康领域深耕多年，申请国内外专利 10 余项。他牵头开发了面向脑卒中筛查与防控的具有国际领先水平的低成本、便携式雷达层析混

THE LATEST DEVELOPMENTS IN TECHNOLOGY, ENGINEERING, AND SCIENCE JANUARY 2024

News

JOURNAL WATCH

“Nanoswimmers” Reveal Microtumors

Lately, researchers have been exploring the use of injectable nanoparticles—also known as “nanoswimmers”—that can quickly home in on a microscopic tumor. This approach shows promise for early detection of small tumors that may not show up on traditional imaging technologies. In a study published in the *IEEE Internet of Things Journal*, one team has found a way to guide these nanoswimmers to a tumor faster while using fewer resources.

Yifan Chen, a professor at the University of Electronic Science and Technology of China, in Chengdu, says his team's approach is centered around a fleet of semiautonomous nanoswimmers that “gravitate” toward cancer. In their theoretical scenario, the swarm's speed and aggregation pattern is measured periodically, upon which clinicians would magnetically guide the swarm toward the tumor.

Through simulations, the researchers show that this “spot sampling technique” can be used to steer the semiautonomous swarm toward the target using 90 percent fewer monitoring resources.

“We foresee that commercialization of the technology will happen in the next three to five years after completion of proof-of-concept animal experiments,” Chen says.

—Michelle Hampson

JANUARY 2024 SPECTRUM.IEEE.ORG 9

Nanoparticles Show Quick and Ea...

**Nanoparticles Show Quick and Easy Way to Target Cancer ›**

“Nanoswimmers” could reveal microtumors undetectable by traditional imaging

BY MICHELLE HAMPSON

27 OCT 2023 | 2 MIN READ

DAVID MACK/SCIENCE SOURCE

2023年10月，陈意钒团队科研成果被IEEE Spectrum专题报道

合式微波脑卒中成像系统，面向早期乳腺癌检测的亚洲首套相控阵雷达乳腺肿瘤成像系统，发起欧洲科技合作组织首个微波医学成像项目 TD1301，并担任项目专家组组长和管委会委员。陈意钒在信息纳米医学领域提出了“计算纳米传感”的新方向，相关成果被收入 IEEE 首个纳米尺度与分子通信标准。

陈意钒团队经常与裴德乐团队的研究人员探讨，他们以电子与信息工程、生物医学工程、生物学及临床医学为支撑学科，通过学科交叉融合、应用牵引、协同创新与技术集成，兼顾上下游关键技术，主要开展低成本健康监测、精准医疗及数字健康等三个方向的研究：通过微纳技术制造集成化、小型化的低成本健康监测设备，将可穿戴和移动医疗应用在个人病症及健康监测中；通过纳米医学、基因组学、影像学及个人全面信息的大数据方案，开发微纳诊疗机器人检测生物环境，靶向药物释放，协助实现高精度医学成像；基于低成本健康成像和精准医疗两个研究方向获得的健康与医疗大数据，发展电子化病历及健康记录，实现个性化医疗和人工智能辅助。

林昊长期从事生物信息学和系统生物学的研究，针对生物医学数据高噪声、特征提取不足这些关键问题，他带领的科研团队开发了多种特征提取和优化算法，在生物关键大分子数据的整理、序列表示、临床数据分析与疾病风险预测等领域取得了一系列研究成果。他入选了科睿唯安“全球高被引学者”、爱思唯尔“中国高被引学者”和斯坦福大学发布的“全球 2% 顶尖科学家”榜单，多次荣获科学技术进步奖。

这个团队中的黄健潜心于免疫信息学的研究，是四川省免疫信息学研究领域的开拓者，曾入选教育部新世纪优秀人才和四川省科学技术带头人名单；周鹏入选爱思唯尔“中国高被引学者”榜单；丁辉入选斯坦福大学发布的“全球 2% 顶尖科学家”榜单。

磁共振成像系统与技术团队负责人张涛，是高场磁共振脑成像四川省重点实验室副主任、神经信息教育部重点实验室学术委员，作为项目和课题负责人，主持承担国家重点研发计划“数字诊疗装备研发”等多项国家和省部级科研项目，在国际学术期刊发表多篇高质量论文，获得 7 项美国发明专利及近 20 项中国发明专利授权。

张涛带领的团队致力于高场磁共振成像系统与技术、医学图像后处理、脑成像医学转化等领域的研究工作，以临床需求为导向，产学研医深度融合，于 2014 年研制出国内首台大孔径零液氦消耗超导磁共振医学成像设备，并于 2015 年获国家药品监督管理局批准上市。团队还研制了拥有完全自主知识产权的 3T 高场磁共振成像系统，并与四川大学华西医院合作开发出 3T 双模线圈和 7T 动物试验用专用线圈，是四川省的一支重要科研队伍。

随着裴德乐的到来，这些辛勤耕耘的中国杰出科学家与他一起打造既基础又前沿的“中国脑计划”科研系统。裴德乐对此给出高度评价：“很显然，‘中国脑计划’是世界上更全面、更完善的大脑科学工程！可以很肯定地说，来到电子科技大学之后，我的人生发生了翻天覆地的变化，也让我的科学研究迈上新的台阶。”

# 在这里，海纳百川

在裴德乐的合作伙伴中，还有一位英国专家——性格开朗、满腹学问的孔哲文。他是电子科技大学生命科学与技术学院引进的第一位非华裔国家级高层次人才。2011 年 9 月，孔哲文从剑桥大学巴布拉汉研究所提前退休，来到电子科技大学，开启了科学探索的新征程。

孔哲文比裴德乐早 4 年加入电子科技大学，他也是四川省引进的第一位外国科学家。与裴德乐一样，孔哲文十分热爱中国。他和裴德乐的办公室都在生命科学与技术学院大楼的一楼，且距离很近，二人有什么问题可以随时去办公室面对面交流。孔哲文总是乐呵呵的，他的母语是英语，在美国出生、长大的裴德乐也是性格爽朗，也说一口流利的英文，他俩的交流不仅“零距离”，而且沟通“零障碍”。

孔哲文来到电子科技大学后，很快就打开了新局面。他牵头组建了神经疗法·社会认知与情感神经科学实验室，致力于研究孤独症谱系障碍、成瘾障碍、精神分裂症、焦虑症等精神疾病的大脑紊乱机制，并通过药理学、神经成像、行为学等多模态方法寻找新的有效的干预策略。来到电子科技大学的第二年，孔哲文就获批了一项国家自然科学基金项目，招收了第一批研究生，他带领的团队初

2011年，孔哲文（中）在实验室

具规模，事业开始快速起步；第三年，他的学术成果日渐丰硕，原创性成果频出，同年还获得了四川省“金顶奖”（后更名为“天府友谊奖”）。

在裴德乐正式加入电子科技大学的前一年，孔哲文与电子科技大学又签订了十年续聘合同。因此，他心无旁骛地将催产素亲社会研究应用于孤独症的临床干预，以改善世界上 6000 万孤独症患者的社会功能紊乱问题。

孔哲文告诉裴德乐，电子科技大学和生命科学与技术学院对外籍专家的工作非常支持，生活上的关怀无微不至，这让他感觉不是在成都，就跟在伦敦一样……甚至许多按照传统的英国式管理难以解决的事情，都能在成都通过灵活的方法得到解决，这令外籍专家获益匪浅。对此，裴德乐也有亲身感受。

生命科学与技术学院提出的人才“全链条服务”和校人才办公

2020年12月，裴德乐（右）与孔哲文（左）一起聚会

室提出的“人才绿灯通道”，这两项举措不仅让外籍专家能够安心投入科研，还坚定了他们取得成果的决心。这两个举措的具体内容详见第六章。

作为这种关爱的受益者，孔哲文更加努力地工作、取得成果，以回报学校的支持与关怀。从 2015 年开始，孔哲文开始潜心进行孤独症干预的临床试验。他促成了电子科技大学与澳大利亚悉尼大学、美国约翰·霍普金斯大学、北京大学、成都市妇女儿童中心医院等单位的合作。在此期间，孔哲文获批国家自然科学基金重点项目 1 项、广东省重大专项子课题 1 项、外国专家项目 1 项；入选爱思唯尔“中国高被引学者”榜单，荣获四川省学术与技术带头人称号，在国际顶级和一流期刊发表学术成果近百篇；开设专业课两门，引进青年骨干 4 人，培养博士研究生 8 人、硕士研究生 12 人。

同年，也是在孔哲文的引荐和支持下，电子科技大学又迎来了本杰明·贝克等多位国外高端人才。至此，电子科技大学外籍团队的发展登上了新的台阶。

孔哲文积极推进电子科技大学与其他国家的大学，特别是英国大学之间的交流与合作，经常在国际学术界传递中国声音，宣传中国对人才的重视，吸引各国科学家前来进行考察与研讨。英国剑桥大学的特雷弗·罗宾斯和巴巴拉·萨哈基安、美国加州理工大学的迪恩·莫伯斯、约翰·霍普金斯大学的 Lee Li-Ching 研究员、澳大利亚悉尼大学的亚当·瓜斯特拉、德国乌尔姆大学的克里斯蒂安·蒙塔格等学术界知名教授都曾应孔哲文之约，来学校访问交流，并为电子科技大学的学子开设讲座或暑期课堂。

孔哲文告诉裴德乐，成都让他有了家的感觉。他的快乐不仅源于能够从事自己热爱的工作，还来自这座宜居、安全的城市，以及热情友好的成都人民和美味的川菜，这一切都让他备感幸福。

裴德乐倒上一杯啤酒，乐呵呵地拍拍这位英国老朋友的肩说道："英雄所见略同，为了这个，咱们可得好好干一杯！"

目前，孔哲文所在的实验室与成都市妇女儿童中心医院（现为电子科技大学附属医院）紧密合作，致力于孤独症的新型疗法探索，包括催产素药物干预、视频游戏行为干预等，旨在改善孤独症儿童的社交障碍，促进早期孤独症儿童的康复和治疗。

在电子科技大学生命科学与技术学院党委的全力支持下，裴德乐、孔哲文等外籍专家深切感受到学校和学院的深厚诚意，内心倍感温暖。学院精心打造的科研平台，更让他们尽享"海阔凭鱼跃，天高任鸟飞"的豪迈，仿佛置于自由探索的学术天地，得以施展才华，追逐科研梦想。

在这里，举世瞩目的成就绝非遥不可及！

第六章
PART 6

# 老教授和他的“小朋友”

# “猫教授”的故事

成为电子科技大学的“全时教授”后，除了繁忙的科研工作，裴德乐还在生命科学与技术学院带了不少博士、硕士研究生。虽然他们与裴德乐是师生关系，但更像是朋友。

裴德乐深切感受到，与合作的电子科技大学教授一样，他的中国学生也是一个非常优秀的群体。这些年轻学子基础扎实，彬彬有礼，尊重师长，很有涵养。他们求知欲十分旺盛，在正常上课之外，都希望尽可能多地从裴德乐这里学到东西。只要他们在学习方面提出要求，裴德乐总是一口答应，他常对同学们说：“行，没问题，你

2016年，裴德乐（第二排左四）及其团队师生

们随时可以来找我。”

在裴德乐尚未在成都定居时，他和妻子玛丽亚住在一家酒店里。他特地请人将一个白色写字板安放在他们的酒店房间里，同学们业余时间来找他请教问题时，他可以在上面书写各种公式，跟他们一起讨论共同关心的话题。

刚开始给研究生授课的时候，裴德乐注意到，无论是中国学生，还是外国留学生，他们在探讨某个问题时，都会在第一时间期望得到导师的建议。每每在这个时候，裴德乐并不急于作答，他谆谆告诫同学们：“不要直接寻求答案。你们必须保持独立思考和原创精神，先深入思考，再提出自己的想法。”

有的同学腼腆怯场，明明有想法却不敢当众提出。裴德乐鼓励他们：“不要害怕，大胆说出你在想什么！你的想法也许是错误的，但这不要紧，只要你能够提出独立的见解，就算成功了一半。然后，我们可以再详加讨论，让它完善。”

他举例说：“也许你提出了十个想法，其中的六个想法很一般，但其余四个很好、很有创意，这就够了。”

创意，创意，裴德乐说得最多的词，就是创意！他深知，创意就是科学新芽拱破地皮的萌动，就是引爆新思维的火花。他故意不直接回应学子们的提问，就是要他们养成深思的习惯，催生他们的创意！

爱因斯坦早已告诫过世人：“我不能容忍这样的物理学家，他拿起一块木板来，选择最薄的地方，在最容易钻孔的地方钻许多孔。”

裴德乐绝不允许自己的学生“在最容易钻孔的地方钻许多孔”！

裴德乐不仅关注学生的学术表现，还注重培养青年学者和研究生团队的合作精神和社会责任感。他特别强调，科学研究的终极目的，是解决实际问题，只要有利于推动人类社会的进步和发展，再难也应该去尝试。

裴德乐在电子科技大学指导的第一个中国博士后，是生命科学与技术学院的博士研究员王庆。当时，王庆正在为博士后出站做准备，裴德乐则在电子科技大学组建研究团队，信息技术在神经科学发展中的重要课题使他们走到了一起。裴德乐渊博的知识和人格力量，使王庆决定加入裴德乐的脑科学团队。

脑科学是一门涉及多种学科的专门学问，为了帮助王庆补上这方面的基础知识，裴德乐倾注了大量心血，他经常跟王庆一起讨论、研究到深夜。在裴德乐的指导下，王庆顺利完成了“对比同步脑电和皮层脑电的源定位方法”的研究。

后来，在裴德乐引荐下，王庆又去古巴做了访问学者。王庆在古巴做访问学者期间，为了撰写论文，有时就住在裴德乐家里，以便就近得到导师的指导。他常常熬夜工作，裴德乐就一直陪在他身边，与他一起研究、分析各种难题。夜深了，裴德乐亲自为王庆煮咖啡，还帮他润色论文。在邻居看来，裴德乐家又多了一位中国亲戚。

裴德乐科研团队里的硕士研究生刘胜男是位非常用功的年轻姑娘，也是裴德乐的得意门生之一。有一次，她在研究中遇到了一个极为困难的问题，这让她陷入了困境。裴德乐看到刘胜男愁眉不展的样子，知道她遇到了麻烦，便主动来到刘胜男的办公桌前坐下，面对面地教她推导公式，细心解释每一步的原理和逻辑。常常是教研室的人都走光了，只有这对师生还坐在那里，讨论解决难题的方法。这种细致入微的教学方式，不仅帮助刘胜男解决了当下的具体难题，还提升了她的科研能力。

裴德乐有一句话让刘胜男永远铭记：不要浪费时间去造已经存在的轮子，你造出来的轮子说不定是方的。

这句可谓点石成金的科研箴言，来自裴德乐在古巴神经生理实验室工作时，替导师塔里娅开发数学模型量化脑叶电波不对称性时的一个教训。他告诉他的中国学生，那时年轻气盛的他，就是去造这样一个“已经存在的轮子”，还好它不是“方”的。人生有限，把宝贵的精力花在这些重复前人的工作上，等于浪费青春。做科研必须要有开创意识……

裴德乐这番鼓励大家勇于创新的教诲，不仅让刘胜男感悟颇深，而且让生命科学与技术学院所有裴德乐带过的学生谨记。他们深刻认识到，在科研领域，站在前人的肩膀上是必须的，要学习前辈，但更要避免重复他们的工作，必须把有限的生命投入创新性和突破性的工作中，造出超越前人、更有价值的“时代车轮”。

硕士研究生王文安也是他们团队的成员，他性格开朗活泼，脑袋瓜里时常冒出一些奇思妙想，深得裴德乐的喜爱。第一次见到裴德乐时，他那一脸白花花的大胡子就让王文安感到“惊艳”，心想：如果戴上一顶小红帽，这不就是一位活脱脱的“圣诞老人”吗？在王文安的印象中，外国老教授总是不苟言笑，严肃得令人生畏，但当他面对面地坐在裴德乐面前，接受学术指导、一起讨论科研课题时，王文安发现裴德乐是那样和蔼可亲、风趣幽默，就像一位邻家老爷爷。

某天，裴德乐带着王文安、刘胜男等一批硕士、博士研究生在会议室研讨有关大脑活动的学术专题。在裴德乐的引导下，同学们

2020年，裴德乐为学生授课

畅所欲言甚至展开辩论，气氛非常热烈，一场“头脑风暴”就此展开。

正当大家各抒己见的时候，一只不知从哪里冒出来的大花猫突然闯进会议室，毫不客气地纵身跳上会议桌，一屁股坐在那里，旁若无人地捋捋胡须、舔舔指爪，优雅地梳洗打扮起来。

热烈的讨论戛然而止，会议室一片寂静，大家都看着裴德乐。

裴德乐起先也愣住了，随即微笑着对同学们说：“看来这位‘猫教授’不同意我们的看法，它强烈地有见解要表达。”

然后他转身对那只大花猫做了一个优雅的手势，并说：“先生，请讲。”

会议室爆发出一阵哄堂大笑，正在梳洗打扮的猫咪蒙了，见势不妙，“喵呜”一声跳下桌子跑掉了。

刚才的讨论就此被打断，裴德乐让同学们围绕这位“猫教授”的行为发表看法。见大家面露疑惑，裴德乐便谈起自己当年在哈瓦那大学医学院神经生理实验室的往事——导师塔里娅最初让他做的重点研究课题，就是使用颅内电极研究猫脑的慢波活动；他的另一位导师罗伊，则精确测量了猫用来形成记忆的神经元数量。

气氛重新热烈起来。王文安调侃道：“那只大花猫是不是来自动物心理学领域？”刘胜男则认为它想要成为“喵星人”，争取在脑科学领域占有一席之地……大家争先恐后地发言，思维活跃，妙语连珠。

接下来，裴德乐又给同学们讲述了他在芝加哥大雪纷飞的冬天路遇棕熊的故事，顺势将研讨带入动物脑意识、动物心理学领域。他启发大家去思索：任何生物只要有大脑，是不是就一定会思考？思考的基本特征是逻辑推理，动物有这个基本特征吗？

会议室鸦雀无声，同学们全神贯注地望着裴德乐。

他接着说：“譬如黑猩猩用细木棍从树洞里钓出肥美的虫子享用，它脑子里会不会事先已有一个形式逻辑推理的‘三段论’？”

“三段论”是最基本的形式逻辑推理方式，包括大前提、中前提和结论。反应快的同学立刻意识到黑猩猩肯定有这种逻辑推理，但这些逻辑推理来自经验：大前提是个条件复句——只要将细长的树枝伸进树洞，虫子就会顺着树枝往外爬；中前提是“我使用了树枝”；结论是“我会吃到虫子”。

黑猩猩肯定掌握了这种简单的逻辑思维，它才会那样去做并且获得成功。部分动物的大脑有思维活动，但是这些思维活动与人类的思维活动一样吗？

热烈的讨论重新开始，王文安蓦然想起“乌鸦喝水”的经典故事，他笑着说：“乌鸦啄起小石子扔进水瓶里时，它的脑袋里可能也有这样一段逻辑思考——扔进石子会使瓶中水上升甚至溢出，我把石子扔进瓶里，所以我能喝到水。”

气氛更加热烈，大家就雪原上的棕熊和刚才那只大花猫跳上桌子时的脑活动，又七嘴八舌地讨论起来。就这样，不请自来的“猫教授”，被裴德乐巧妙地引入脑科学学术讨论中。

这次讨论更深刻的意义在于，裴德乐希望通过这些顺手拣来的实例,启发同学们养成逻辑思考的习惯,而不是直接照搬已有的理论。逻辑思维是科学研究最基本的工具，让同学们加强逻辑思维，这对他们的学业和科研大有好处。

随着时间的推移，在裴德乐的悉心指导下，王文安的学术研究逐渐取得了突破性的进展。现在，最让王文安“惊艳”的已经不再是裴德乐的花白大胡子，而是他那仿佛永不枯竭的精力。老人家虽已年过七旬，但在学术报告的讲台上仍然思维敏捷、口若悬河，往往一站就是几个小时。这对年轻人来说都是一项挑战，但是裴德乐自始至终没有倦意，他恨不得把自己一生的学识和见解，全部传授给同学们。

当然，一杯他最钟爱的古巴咖啡，这时候是必不可少的。

外籍学生对恩师裴德乐也怀着无比的敬意。生命科学与技术学院的 23 届古巴籍毕业生冈萨雷斯在电子科技大学度过了六年求学时光，他在攻读硕士和博士学位期间均得到了裴德乐的悉心指导和全力帮助。裴德乐以勤勉的态度和渊博的学识引导他不断进步与成长。冈萨雷斯期望自己未来像裴德乐一样，继续在科研领域深耕，推动国际科技合作与进步，为促进中古两国友谊的发展发挥作用。

让巴基斯坦籍博士研究生亚瑟·沙赫瓦尔印象深刻的是，恩师裴德乐即便在生病时，也坚持一边接受治疗一边工作，在将要出成果的紧要关头，他卧室的灯光甚至彻夜不熄。

每当沙赫瓦尔遇到研究难题，无论是软件调试，还是编程出现错误,裴德乐从未表现出任何指责或不耐烦,而是始终认真地指导他。裴德乐的丰富经验和宝贵建议，让沙赫瓦尔在科研道路上少走了许

2021年4月，裴德乐在病床上依然坚持辅导学生

多弯路。

更让沙赫瓦尔感动的是，有次他因肺炎住院，裴德乐在百忙之中也坚持要到医院探望他。裴德乐带去的那束鲜花，久久温暖着沙赫瓦尔的心。

## “书呆子”送“书呆子”的礼物

金煜是海南大学的毕业生，所学专业是医科工程，原本打算去澳大利亚留学，但在研读了裴德乐的多篇论文后，他对裴德乐的研究项目产生了极大的兴趣，便开始用电子邮件与裴德乐沟通、请教。渐渐地，犹如一位旅行爱好者突然发现了路边引人入胜的风景，不由自主地改变了路线。金煜觉得自己所学专业与裴德乐的研究十分契合，表达了想参与这项科研工作的愿望。

裴德乐在了解了这个年轻学子的学识、能力和志向后，对他十分满意。裴德乐以自己惯常的直爽直言不讳地告诉金煜，一定要遵从自己的兴趣爱好，去追求自己的理想，否则只能被动地去作“命题作文”，可能平庸一生，毫无建树。

得到裴德乐的首肯和鞭策后，金煜果断放弃了出国深造的机会，考取了裴德乐的博士研究生。他决心留在国内，把脑科学作为自己终身奋斗的学术目标。

金煜来到电子科技大学生命科学与技术学院后，一边在裴德乐的指导下攻读脑科学博士学位，一边参加团队的科研工作。他总是尊称裴德乐为“先生”。金煜的工作位置紧挨着裴德乐的电脑服务器和巨大显示屏，在先生忙不过来时，金煜便在那台较小的屏幕上帮他处理电脑数据，也从中学到了很多东西。

金煜很快发现裴德乐不仅是一位杰出的脑科学专家，还是一位非常专业的数学专家。用电脑研究人脑必须有深厚的高等数学知识作为基础，但这恰恰是金煜的弱项。幸运的是，他的导师裴德乐早在年轻时就是一位数学专家，同时又是古巴的计算机编码高手。裴德乐利用金煜掌握的计算机专业知识，巧妙地把一个个极其复杂难懂的高等数学专业知识，编成金煜所熟悉的计算机代码作为解读工具，并为他细心地进行讲解。在裴德乐的指导下，金煜很快便走出了数学学习的困境。

金煜参与的科研工作正是协助裴德乐和尧德中合作的尖端项目——创建“全球脑电波规范数据集”。按脑器互交理念开发的可穿戴脑电监测装置小巧便携，戴在头上就可以透过头皮、头骨监测脑电波活动，绘出图谱，并且能够达到与3T核磁共振相同的监测效果，能够比较完美地还原大脑活动的图像。这套简易装置的优势在于费用便宜，只有核磁共振仪的十分之一，即使在边远地区也可以有效使用，大大扩展了脑电监测的应用范围。

它能够实实在在为普通民众的大脑健康和病症提供低价格、高成效的服务，适用于中国的基层医疗系统，在欠发达国家也有广泛的应用前景。这让金煜很有成就感，而这正是导师裴德乐“为全人类服务”的信仰对他的影响。

裴德乐对他所带的学生要求非常严格。从2021年起，金煜在裴德乐的指导下，开始从神经影像的角度研究儿童营养不良对神经发育的影响。儿童时期是大脑发育的关键时期，营养的重要性不言而喻。如果在这一关键时期，孩子们无法获得足够的营养，其大脑发育可能就会受到影响。裴德乐在古巴神经科研所工作时就非常关注这个课题，一直持续到他来到中国，就职电子科技大学“全职教授”时也未结束。裴德乐团队经研究发现，儿童营养不良将会严重影响大脑神经发育。其中，大脑舌回区的 α 波活动差异可能作为标志信号，在儿童营养不良的第一年内就能够被识别出来，这为医疗手段及时干预儿童营养不良提供了可能。

金煜在裴德乐的悉心指导下进步很快，在这个项目上已能独立完成一些研究。他撰写了一篇论文打算发表到学术期刊上，给裴德乐审阅后，没料到先生迎头给他浇了一盆冷水。

裴德乐觉得金煜的这篇论文虽然达到了学术期刊的发表水准，但实际上并不成熟，急于发表对金煜的长远发展并不好。他严肃地指出："听着，我们并不是为了发表论文才做科研，而是要实实在在作出有利于社会的成果。你这篇论文虽然达到了发表水平，但离更重要的服务社会、服务大众的要求还有很大差距，不要为了追名逐利急于将这篇论文拿去发表！"

先生的话虽然十分严厉，但金煜感到这才是对他的真正爱护，一心一意为他好。金煜虚心接受了裴德乐的批评，撤回了论文，从此他更加踏实地跟随导师进行艰苦的科研工作。他很快成为实验室的骨干，同时也是裴德乐器重的学生之一。

在整个科研和教学团队，裴德乐对所有学生都高标准、严要求。他眼里揉不得一粒沙子，批评起人来毫不留情面。每次一着急，裴德乐说话的声音便会不自觉地增大，有时连全职助手董烨芸都不得不提醒他："教授，您的声音是不是太大了？"

裴德乐愣住了，随即挠挠脑袋，苦笑着说："唉，我这坏脾气怕是改不了喽。我早就知道我的学生们经常抱怨我对他们太严苛了。我认为既然来到电子科技大学，那我就是电子科技大学的人，而非匆匆过客，我有责任、有义务为学校培养学生，所以我才对他们严格要求……"

董烨芸理解地点点头："教授，我知道您的一片苦心。"

裴德乐随后说："我的孩子一个在美国，一个在古巴，都在九千公里甚至上万公里之外。他们小时候在我身边，只要犯错，我也会毫不留情地严厉训斥他们。而当我还是个孩子的时候，我父亲对我和米切尔也是这样。我不知不觉会把团队里的这些学生娃娃看成我的孩子，而不仅仅是我的学生……"

说到这里他顿住了。董烨芸默默地看着裴德乐。

裴德乐轻轻发出一声叹息：“事实上，我的两个孩子……唉，我已经很久没有见到他们了……”

作为裴德乐的学生，不仅要面对他的严厉，还需要承受研究工作的艰辛。正如董烨芸所说，老人家简直就是个工作狂，为了他热爱的事业，也为了回报电子科技大学给予他的支持，裴德乐真是拼尽全力了。

在科研工作最紧张的阶段，到了吃午饭的时候，老先生仍然坐在电脑前不知疲倦也不知饥饿似的一动不动，双眼紧紧盯着那些不断闪过的数据。金煜多次提醒他该吃饭了，裴德乐这才很不情愿地起身，走出实验室，跟着大家快步走向餐厅，一路走还一路发牢骚：“天呐，人为什么要吃饭嘛！”

金煜不解地问：“先生，人不吃饭怎么行呢？那不是连命都没有了吗？”

裴德乐回头瞪他一眼说：“哼，我的意思是，人要是能像植物一样通过光合作用就能维持生命就好了，不用再把宝贵的时间浪费在吃饭上……”

老先生的这个奇思妙想简直就跟孩子的想法一样，金煜拼命捂住嘴才没笑出声来。

来到餐厅匆匆扒完几口饭，裴德乐又急步回到实验室，在电脑前一屁股坐下，继续沉醉于那个斑斓多彩的数据世界。

经过多年孜孜不倦的工作，裴德乐科研团队关于“儿童营养不良对神经发育的影响”的研究，从科学层面为解决全球儿童发展问题提供了深刻的见解，其研究成果不仅推动了公共卫生政策的制定，也提高了全球对儿童营养不良问题的关注度，促使社会各方共同为改善儿童营养状况而努力，并再次凸显了跨学科合作在解决全球性问题中的重要性。

在电子科技大学任职后，裴德乐在尧德中等中国同行的大力支持下，初步建立起了一个庞大的“全球脑电波规范数据集”，其中就包括裴德乐在四川收集到的几百个大脑数据标本。由于可能涉及隐私问题，有人担心这套装置会窥探隐藏在人们大脑中的深度秘密，因此收集人脑数据的工作非常不易，但又必须要做。裴德乐凭着他在国际学术界的声望和各国众多科学家朋友的支持，以及他出色的“科研外交”能力，克服了种种困难，在坚持不懈的努力下最终获得了那些科研数据。

这个数据集不仅为裴德乐的科研团队深入进行脑科学研究打下了坚实的基础，而且为各国脑电科学家提供了一个高效检索资料的平台，深得国际脑科学同行的赞赏，被誉为脑科学界的“罗塞塔碑”。

目前，裴德乐的团队已有包括金煜在内的八个博士研究生、数十个硕士研究生。裴德乐特别喜欢金煜这个性格沉稳、讲话不多，还有些腼腆，但踏实肯干的中国小伙子，在科研活动中随时都带着金煜，一边指导他撰写博士论文，一边让他实地参加科研工作。金煜进步得很快，不仅是裴德乐的得意门生，更是他离不开的得力助手。

四年的时光一晃而过，在科研工作之外，金煜与裴德乐的关系已经超越师生，成了一对忘年交。在裴德乐七十岁生日那天，金煜不知道该送导师什么礼物为好，太高档的他送不起，美酒、鲜花之类的又太平常，当他的目光落到他们朝夕相处共同使用的电脑桌上时，蓦然发现先生的键盘和鼠标已经很陈旧了。金煜眼前一亮，一套崭新的键盘和鼠标不正适合送给导师吗？

金煜本以为先生会很喜欢他的礼物，哪知裴德乐接过去却叹了口气，摇头道：“唉，‘书呆子’送‘书呆子’的礼物，一点创意都没有……”

金煜愣了半天才反应过来。这种高级幽默已经完全超越了师生界线，裴德乐把他看成跟自己的一样的“书呆子”，也只有老朋友对老朋友才会如此毫无拘束。

两人对视一眼，不禁哈哈大笑。

## 第一个教师节

裴德乐与同学们在一起的时候，并不只是讨论本专业的科研课题，还一道关注历史、哲学和现实的社会生活，涉及的话题还有人为什么是人、人为什么要成为科学家等这些“形而上”的问题，他们甚至会探讨康德哲学中的“纯粹价值”和黑格尔哲学中的“绝对精神”等。为了整理并表达自己对生命历程的感悟，裴德乐很喜欢这种思辨式的思考方式，而这

2023年6月，裴德乐（中）与博士、硕士研究生

些话题，总是能够引起这些聪慧的学子们的共鸣。

文明萌发于艺术，艺术孕育了宗教，宗教演化为哲学，而科学研究的强大思想动力，正是哲学思考——世界的本质是什么？存在与意识是什么关系？我们从哪里来，要到哪里去？

裴德乐告诉同学们，人类正是开始对这些“终极问题”深入思考，才有了今天的科技时代。他有意引导硕士生、博士生进行一些哲学思辨，认为这对青年学子的学习和科研都大有裨益。

这些有趣而深刻的思想探索，让裴德乐与同学们乐此不疲，经常彻夜钻研，而不知东方既白。

电子科技大学的同学们从裴德乐身上，学到的不仅是专业知识，还有人生的智慧。他们打心眼里喜欢这位令人敬仰的大胡子古巴老人。

在实验室的裴德乐对同学们十分严厉，但在生活中他像变了个

2023年12月15日，裴德乐做客“成电下午茶”分享成长经历和科研心得

人似的，和颜悦色、谈笑风生，更像是他们的一位忘年交。电子科技大学沙河校区附近有条著名的美食街，裴德乐时常带着学生们到那里吃烧烤，这个时候便没有了学生、老师之间的拘谨，只有朋友聚会的欢乐。裴德乐最喜欢的美食莫过于烤肉配德国啤酒，夕阳晚霞，清风杨柳，大家坐在河畔享受美食，不亦乐乎。裴德乐常对同学们说，只有好好享受生活，才会好好工作。

十几年来，裴德乐在成都度过了许多节日，最难忘的还是第一个教师节。

2016年9月10日，是中国的第32个教师节。清晨的太阳初升时，裴德乐像往常一样早早来到了学校，他刚走进办公室，就惊讶地发现他的办公桌上摆满了贺卡、鲜花等礼物。

难道昨天晚上有花仙子来过吗？他一脸不解地思忖着。

正在此时，房门轰地一声被推开，吓了裴德乐一大跳。他转过身去，只见自己研究团队的一群学生涌了进来，他们捧着一大束鲜艳的向日葵奔向裴德乐，把他团团围住，一片热情的祝贺声仿佛要把天花板都掀开了：

“裴德乐教授，节日快乐！”

“亲爱的老师，向您致敬！”

“Mr.Pedro，我们爱您！”

裴德乐这才反应过来，原来今天是中国的教师节，桌上那些贺卡和鲜花等，都是同学们送给他的。

裴德乐高兴极了，他乐呵呵地从学生们手中接过向日葵，感慨地连声说道：“这是我有生以来第一次在教师节收到学生送的鲜花！孩子们，谢谢，谢谢你们！”

向日葵的花盘上还有一张精美的卡片，上面用英文写着："亲爱的裴德乐教授，非常感谢您在神经科学领域给予我们的指导。"

同学们送给裴德乐的礼物各式各样，博士生胡世昂送的贺卡上印有裴德乐的大胡子卡通头像，俏皮而可爱；李敏送的是自己亲手制作的刻有裴德乐名字"Pedro"字样的竹简笔筒，既洋气又古朴；有位成都本地的学生，送给他敬爱的裴德乐老师一套四川特有的变脸玩偶……

看着各种各样的礼物，裴德乐深深感受到了学生对老师的尊重和敬爱，对一位老师来说，还有什么比这更珍贵、更重要的呢？

那天晚上，裴德乐提前结束一天的工作，去附近的超市选购了丰富的食材，亲自烹制了一顿富有古巴特色的晚餐，邀请同学们到他家里相聚。裴德乐与学生们围坐一堂，伴随着香醇的德国啤酒和法国白兰地，畅谈学术与生活。他兴奋地分享着自己进入神经科学领域的趣事，深情表达了他对学生们的感激之情："同学们，能够成为你们的老师我非常荣幸，更感谢你们选择了我！"

在中国度过的首个教师节，让裴德乐深刻体会到了中国尊师重教的优良传统。也许很多人并不知道，但裴德乐清楚，中国古代的教育制度是中华民族对世界文明作出的重大贡献之一。

一千多年前，中国在隋朝时正式确立的科举制度，影响了后世各个朝代的教育制度。它的核心价值并非外在形式或考试内容，而是机会均等——这意味着普通人有通过教育改变命运的可能性。同时，科举制度推动了一大批学堂的兴起和发展，极大地促进了教育的进步。

在科举制度确立之后，无论是农民的儿子，还是豪门世家的公子，经过基本的学习和训练后，只要考试合格，都可以进入地方学堂或国子监深造，而且学费全免。而在中世纪的西欧，社会地位低的人根本没有机会上学，以至于文盲遍地。中国的科举制度经来华传教士传到西欧后，改变了这种状况。欧美史学家至今认为，科举制度是一个创举，欧洲后来的文艺复兴和工业革命，正是得益于教育的普及，否则欧洲很可能处于更漫长的“中世纪黑暗”之中。

“师道尊严”正是中国传统教育的一个重要原则，体现了这个文明古国对教育的重视。在这个不同寻常的教师节，来自遥远国度的裴德乐，亲身体会到了它的魅力。

在裴德乐看来，这些可爱的中国年轻人不仅是他的学生，也是他的“小朋友”，在裴德乐那里有师道，但没有僵化的“尊严”，只有前辈对后学的关爱。教师节后，裴德乐将与同学们的“课外研讨会”地点改在了他家里。同学们到来之后，裴德乐亲自下厨，做他最拿手的红豆鸡腿饭，大大的鸡腿一整个放在米饭上，玛丽亚会再为同学们配上一盆色彩鲜艳的蔬菜沙拉。

有一次，老朋友尧德中来串门，正好遇上这样的“盛会”，他还有些不解。裴德乐告诉他：“我会做饭，也喜欢做饭，更喜欢一群人一起吃饭，所以我经常会在家自己下厨，请实验室的孩子们一起到家里共进晚餐。一边吃着古巴的美食，一边和他们谈科学、聊生活，其乐无穷。”

也正是从这一年开始，每年的教师节成了裴德乐和团队师生一起相聚的重要节日。这种亲密无间的交流方式，不仅加深了他和学生的感情，也为学生营造了一个和谐而富有活力的学术氛围。裴德乐努力将自己的学术理念和学术思想融入日常交流中，引导学生开

2015年9月10日，裴德乐正式加入电子科技大学
（前排左起：裴德乐、王亚非；后排左起：尧德中、孔哲文、玛丽亚、胡俊、袁勤）

阔视野，乐于分享，热爱生活，独立思考。

随着裴德乐的加入，电子科技大学在脑科学方面的国际影响力与日俱增。生命科学与技术学院博士生导师任鹏曾是裴德乐的学生，也是裴德乐科研团队的骨干，他们朝夕相处，无话不谈。任鹏怀着敬佩的心情说：“裴德乐教授是真心爱我们国家，来到电子科技大学后，他处处、事事为中国着想，他非常擅长国际合作和交流。裴德乐教授参加各种国际学术会议时，他总是利用这个窗口宣传中国、介绍电子科技大学，以吸引更多的国外优秀专家来校交流、任教……”

对外科研交流尤其是引进国外师资所需资金不菲，任鹏多次跟随裴德乐参加国际学术交流，他了解到一个简单的展台就要收费一万五千美金，引进一个国际人才更是动辄花费几十万美元，而裴德乐总是想方设法为学校节约资金，甚至不惜当面讨价还价。

2024 年，去韩国参加一个学术交流会议，裴德乐发现会议中心没有中国的展台，大为不满。他多次找主办方商议、力争，并利用自己在国际学术界的影响力获得支持，最后不仅为中国争取到了展台，而且费用全免。

“滴水之恩，当涌泉相报”，这句中国老话显然也被裴德乐始终铭记在心中。

## “实验室妈妈”

在一个酷暑难耐的日子，董烨芸在电子科技大学清水河校区综合楼大厅第一次见到了裴德乐。他身穿一件红色 T 恤，背双肩包，一大把花白的大胡子特别显眼，宛若美髯公，笑盈盈地走来。在董烨芸看来，这位国际知名的科学家，俨然一位邻家大叔。

2015 年，裴德乐成为电子科技大学的“全时教授”后，他的科研生涯再次进入一个崭新阶段，原先在四川大学外国语学院工作的董烨芸，成为他的新助手。

这个助手，承担了翻译、司机、秘书、勤杂工等多项工作。

此时，裴德乐新组建的科研团队只有三个成员，除了裴德乐夫妇就是董烨芸，新拨给裴德乐使用的教研室也是空空荡荡的。两人一见面，裴德乐就告诉董烨芸：“我的主攻方向是神经科学信息，目前在成都已经获得了几百份大脑数据！”话语里不自觉地流露出自豪与得意。

接着，他如数家珍般地谈起他心爱的工作。董烨芸的英语是专业八级水平，但对那些脑科学的专业术语并不熟悉，不过她仍然听得津津有味。

谈话进行了大约一个小时，他们彼此熟悉并认可了对方。

电子科技大学生命科学与技术学院在主教研楼为裴德乐提供了一间大的办公室，里面有好几个小房间。专为玛丽亚配备的工作间就在裴德乐办公室旁边，此外还有科研助手和账务助手专用的小房间。最外面是一个小会客厅，那是裴德乐与助手及学生们讨论科研项目的地方。

裴德乐需要的科研设备很快运到并安装好，那是一台功能强大的计算机服务器。它那巨大的主显示器上的桌面背景使用了人体大脑结构图，另外两个较小的、供助手使用的显示器围绕着裴德乐的主座。玛丽亚和其他团队成员的工作间也全都配有高级电脑。会客厅的墙上挂着一块一百英寸的彩色电子屏幕，供他们讨论科研课题时使用。为了方便裴德乐及时、快捷地与国际同行进行学术交流，生命科学与技术学院还为裴德乐配备了供他单独使用的专网。电子科技大学为这位外籍教授提供的科研条件，简直太完美了！

裴德乐为了让董烨芸能够尽快跟上他的工作节奏，习惯他的工作和生活方式，一次又一次地给董烨芸详细讲解团队的建设规划，教她使用不同的软件，以及怎样有效地安排他一天的工作日程等。

组建一个新的科研团队，尤其是在成都打造一个全新的国际化实验室，其中的艰辛与挑战不言而喻。董烨芸除了协助裴德乐的科研工作外，还要照顾他们夫妇的生活，协调各种关系，跑很多路、盖很多章，大到学生选拔、内外关系维护，小到办公椅螺丝钉脱落、钥匙配换等，每一项都需要她亲力亲为。每当董烨芸感到力不从心时，裴德乐总会及时出现，乐呵呵地说：“别着急，任何事情都会找到解决办法。”这给了董烨芸莫大的安慰和力量。

说不着急，其实裴德乐自己就是个急性子。他平时和蔼可亲，可一旦因工作发起脾气来，用董烨芸的话说“简直吓人得很”。

为裴德乐实验室敷设专网时，涉及校外电信部门和施工队，各种麻烦不断。协调工作由生命科学与技术学院院长尧德中亲自挂帅处理，但各方面头绪纷杂，导致不少事情被延滞。裴德乐发现进展缓慢时，会着急上火，但董烨芸理解裴德乐的心情，他的着急是因为学校为他的科研工作创造了这么好的条件，他急于做出一些研究成果来。作为助手，董烨芸非常理解裴德乐的心情，与他合作时也格外细心，兢兢业业，恪尽职守。

为了加快工作进度，生命科学与技术学院还决定为裴德乐实验室的专网专门敷设独立的光纤。网络的问题得到圆满解决后，裴德乐笑逐颜开，紧握着老朋友尧德中的手，为自己的失态表示歉意。

紧接着，团队的规模扩大了，尧德中特意让自己最得意的门生、博士胡世昂加入裴德乐团队，做了他的研究员，主要在他的指导下从事脑电溯源建模研究。随后，一位土耳其的博士后、一位也门的年轻博士和来自卢旺达、古巴、巴基斯坦的青年学子也相继加入了这个团队。董烨芸的工作更忙了，有时她的小本子记着一天要干的事竟然多达五十余件，上洗手间都得小跑着去。

这个新创建的“中国－古巴神经科技转化前沿研究联合实验室”

是个国际化的科研团队，在两三年时间内，团队成员从最初的几个人发展到来自七个不同国家的三十余名人员，实验室实现了高度国际化的目标。

裴德乐是个不折不扣的工作狂，他对工作的热爱如同对生活的热情一样炽烈，他的目光一直盯着世界前沿的最新成果。由于存在时差，裴德乐与西半球同行的对话常常是在中国的后半夜，这极大地影响了他的睡眠质量。学生们见他双眼泛红，劝他注意休息，裴德乐耸耸肩膀说："我睡了两个小时，够了。"

尽管工作繁忙，但他总是以乐观的态度面对每一天，在结束工作时总会给学生们留下一句"Good job！"。

其实在大家心目中，裴德乐才真正是"好样的"。在他的指导和带动下，团队的每一位成员更加珍惜时间，更加注意提高工作效率。团队青年成员任鹏深有感慨地说："看着七十多岁的裴德乐教授每天这样不知疲倦地工作，我们还有什么理由不努力呢？"

裴德乐对研究生的科学素养要求极高，从科研课题的提出到标点符号的使用都一丝不苟。他尤其注重科研课题的原创性，以及科学理论和方法的先进性，杜绝跟风做科研。他指导胡世昂博士在研究脑电溯源方法时，从矩阵论、贝叶斯统计、时间序列频谱估计等数理统计的角度入手，在根本方法上着力探测大脑生物物理领域的前沿问题，颇具创新价值。

裴德乐始终关注世界科研前沿的最新动态，在每周的例会上都会让学生们探究各自领域的前沿问题，并要求他们提出独到见解。董烨芸虽然听不懂那些专业课题中的术语，但总是被裴德乐和学生们讨论时的氛围深深感染。她更加努力地为团队服务，申请研究基金、核实项目，甚至还能按裴德乐的要求撰写英文研究报告。

董烨芸也是个颇有个性的女子。裴德乐写得一手漂亮文章，打字速度极快，但有时他亲笔撰写的英文报告倘若译成汉语，董烨芸会觉得不符合中国的表述习惯。每当出现这种情况，她总是不揣冒昧，毫不客气地进行重写。裴德乐看了她的“作品”后很满意，打趣她道：“你也快成半个脑科学专家了。”

裴德乐在事业上是个“工作狂”，但在生活上却比较随意。他穿的一件皮夹克在古巴不知有多少年历史了，十分破旧，看起来就像件老古董，但来到电子科技大学后，他仍然经常穿着它。董烨芸看到皮夹克上已经有了几个小洞，总是劝他别再穿了，换件新的，他每次都满口答应下来，第二天又忘记了。董烨芸不得不告诉他的妻子玛丽亚，玛丽亚便强迫裴德乐把破皮夹克脱下，换上她买的一件新衣服。

这对结婚三十多年的夫妻感情极深。细心而敏锐的董烨芸观察到，无论在生活还是在精神上，裴德乐其实都是一个需要别人照顾的老人。儿女不在身边，工作之余难得地闲下来时，裴德乐总是希望有人能跟他说说话，讲点科研之外的故事让他解闷，排遣一下孤独。当他打一个漫长的“马拉松电话”，手捂电话筒窃窃私语时，董烨芸不用猜也知道，电话那头一定是他亲爱的妻子玛丽亚。

生活中，裴德乐热爱美食，常去成都大街小巷的各个饭店大快朵颐。他又不拘小节，那把大胡子上常常会沾上一些菜屑和油滴，他浑然不觉，悠然自得地带着成都俚语所说的“伙食勋章”回家。这个时候，玛丽亚就会拿把小梳子替他细心梳理胡子，把那些“伙食勋章”清理干净，让他焕然一新。每每看到这一幕，董烨芸总是忍俊不禁。

团队的每个成员都能在裴德乐身上发现那种永不言败、永不退缩的精神，熟知他时常挂在嘴边的一句的名言：“一切皆有可能，任何困难都是可以解决的！”

除了在科研上攻坚克难和带研究生两项重任之外，裴德乐对电子科技大学最大的贡献是拓展国际交流。裴德乐特别擅长与各国科学家交往，在国际脑科学学术界享有“科研外交家”的美誉。他每年都要在电子科技大学举办多场学术研讨会，力邀美国、英国、加拿大、日本、新加坡、马来西亚等国外学者来成都参会，以便及时了解国外脑科学的最新动态，向国外同行展示电子科技大学生命科学与技术学院科研的成果，让国际学术界更好地了解中国，了解电子科技大学，以促进中外合作。

遇到重要的国际学术会议，如果有些外国科学家表现出迟缓，

2017年5月，裴德乐（右一）与访问电子科技大学的外国专家交流

2023年11月5日，裴德乐夫妇在国际会议上

裴德乐会不停地发送邀请电子邮件，不厌其烦地向他们介绍电子科技大学和生命科学与技术学院的情况，热情宣传中国在相关领域取得的巨大成就。这时候，董烨芸又成了最忙的人，介绍电子科技大学和生命科学与技术学院的资料全都由她来做，一封封电子邮件全都由她发出去。

裴德乐对董烨芸的工作十分满意，他对她说：“有你在身边，我就感到踏实；而你不在的时候，我总是觉得工作不顺利。”他亲切地称董烨芸为“Lab Mom”——“实验室妈妈”。

董烨芸真正做了妈妈后，实验室的工作更忙了，她的手机总是24小时待机。很多时候，一有需要，她就不顾一切地赶到实验室，好几次都忘了给孩子哺乳，还是她妈妈把儿子抱到实验室来找她。

这一切都被细心的裴德乐看在眼里，他一直惦记着，总觉得要做点什么才好。在得知董烨芸的父亲生病后，裴德乐立刻带着鲜花，专程赶到距成都市区几十公里的金堂县去看望老人家。

董烨芸的父亲十分感动，他从女儿口中得知裴德乐喜欢川菜，便不顾病体，亲自下厨为裴德乐做了回锅肉、咸烧白。董烨芸还特地把舅舅请来陪裴德乐喝酒，那氛围就像一家人似的亲热。

在父亲被诊断为癌症晚期后，董烨芸十分悲痛，但工作不能放下，每日还得照常劳累奔波。裴德乐知道后很过意不去，减轻了她的工作量，将一些工作移交给另一位他十分器重的博士生助手金煜去做，尽量在工作时间上给予董烨芸极大的灵活性，让她能够陪伴父亲就医。他还主动联系古巴的专业医生为董烨芸的父亲远程会诊。虽然董烨芸的父亲后来还是去世了，但裴德乐的这份关爱，她永远铭记在心。

董烨芸怀上第二个孩子后，直到临盆的前一天，她还在实验室为科研团队拷贝资料，这让裴德乐十分感动。董烨芸生下孩子后，他第一时间赶到医院探望并送上祝福。董烨芸请裴德乐为孩子取个英文名字，他便从自己的姓名中各取一个单词，为她的两个宝宝分别取了 Tony（托尼）和 Peter（皮特）这两个英文名。

随着时间的推移，董烨芸有时因为工作需要走不开，家里一时间又无人照顾，她不得不把孩子带到办公室。两个小家伙也非常喜欢这个有着一脸大胡子的外国老爷爷，亲切地叫他“圣诞爷爷”。每到逢年过节时，孩子们都会期待地问董烨芸：“圣诞爷爷会来家里吃饭吗？”

裴德乐当然不会放过享受美食的机会，逢请必来。热腾腾的粉蒸肉、鱼香肉丝、水煮肉片和烧白摆上餐桌，裴德乐赞不绝口。

裴德乐特别喜欢喝董烨芸父亲泡的药酒。他虽然不认识泡在酒里的中药材，但他觉得与自己钟爱的德国啤酒比起来，中国药酒的风味特别、口感甚佳，比德国啤酒更加浓郁。更让裴德乐暖心的，这种如家一般温暖的感觉。

后来，董烨芸有了新的工作安排离开裴德乐时，她充满深情地说：“毛主席在《纪念白求恩》一文中，称赞白求恩是‘一个纯粹的人’；在我心目中，裴德乐教授就是一个纯粹的人，一切为了科研、为了工作，没有任何私心杂念。他拿我当作他的家人看待，我在内心里也把他当作我的长辈……”

## 工具理性与终极关怀

一个小男孩才五岁，便拿起电烙铁，把电阻、电容、电感和晶体管，焊接成一个振荡电路。而在青少年时期，他就开始设计机器人和照相机了。当然，他的小手也被烫了好几次。

这个曾经的小男孩，就是电子科技大学生命科学与技术学院的外籍青年科学家卢多维科·米纳蒂。他和裴德乐在一场期刊编辑委员会会议上相识。有着丰富的共同话题和相似价值观的两人，很快便成了无话不谈的挚友。

卢多维科出生在意大利北部米兰的一个小镇上，他从小就热爱物理学，尤其是电学。入职电子科技大学之前，卢多维科是日本东京工业大学创新研究所的特聘副教授，学术专业是研究非线性动力学，可以用这种手段研究大脑活动。他开创性地用一套精密电路模拟大脑信号，并在国际学术期刊上发表了高质量的论文，引起了裴德乐的高度重视。

卢多维科很早就对裴德乐的脑科学项目有着极大的兴趣，两人一拍即合。

刚见面，裴德乐就问了卢多维科一个问题："你为什么想来中国？"

卢多维科回答："我去过很多欧洲国家，在不少欧洲科研机构和大学工作过，从我个人角度讲，科学无国界，我本身就算是个'世界公民'。但我感到跟欧洲相比，中国的科研政策对于跨学科研究项目申请相对公平，为外籍专家提供的生活条件也比较舒适，而且来之前我就知道成都是一个非常宜居的城市，知道电子科技大学对我们这些外籍专家特别友好，所以我就来了。"

裴德乐高兴地拍拍他的肩说道："我们的认知完全相同，欢迎你！"

让裴德乐惊讶的是，卢多维科甚至还对中国政府提出的"一带一路"倡议十分感兴趣。一问才知道，原来卢多维科的祖国意大利，正是第一个愿意加入"一带一路"倡议的欧洲发达国家。裴德乐问卢多维科对"一带一路"倡议有什么看法，他说："让我来评价中国的这个宏大倡议并不合适，但我知道这是造福于全球许多国家的一个创举。能够把著名的'丝绸之路'沿途的许多国家带动起来，共同发展、共同富裕，这个观念本身就很具有前瞻性，并且具有可操作性。即使从欧洲的价值观念来看，它也符合‘地球村’的概念，是一种深刻的人文关怀。二十多年前，欧洲也有过类似的打算，但因各种原因最终没有做成，现在由具有强大实力的中国来倡议，我相信一定会获得成功。我也愿意在这个宏大的事业中贡献自己的绵薄之力。”

裴德乐欣喜笑道：“年轻人，你的这个评价，我可以给你打满分。”

裴德乐迅速将他引进到电子科技大学，并开始了密切合作。卢多维科提出用非线性动力学电路分析并模拟脑电波活动，这一设想为团队的脑科学等项目增加了强劲的新生力量。

卢多维科深知，用电脑研究人脑，简而言之就是量化脑电波并据此形成图像，无论整体设计有多么完美，其可操作性总离不开具体的电子在电路中的运行，这就必须由复杂的电路来完成，而这正是他的拿手好戏。过去，卢多维科设计的许多应用电路大多用在工业生产的自动化控制方面，虽然很有实用价值，但他始终觉得这只能算是机器对机器的“工具理性”，只有用电脑研究人脑，才算是“终极关怀”！

哲学上的“终极关怀”不属于对事物的一般性观察和研究的“认识论”，而是在“本体论”意义上探索客观事物乃至世界的本源和本质，人脑研究正是其标志性的顶级项目，但人类对此还知之甚少。卢多维科深感用非线性动力学理念设计全新的电路，通过这些电路把冷冰冰的机器与鲜活的人脑联系起来，从而打开一个奇妙无比的未知世界，那才是真正有趣的事情！

在裴德乐的影响下，卢多维科不仅发现了自己科研生涯全新的兴奋点，也找到了自己的立足之地，就是电子科技大学生命科学与技术学院。学院为他的加入提供了许多便利，整个流程快捷高效，没有丝毫拖泥带水，真正是一帆风顺。

大脑的神经活动非常复杂，要想用电子计算机复制脑电波的运动更是难上加难，不过说到底，这个过程仍然是电子在电路中的运动，这个电路必须是特殊的、独特的。卢多维科的贡献就在于用精密的电路模仿脑电波在大脑中的运动，把复杂的神经元活动呈现为可视的大脑图像。

全球脑科学初创之时，科学家使用电脑研究人脑，一般用的是电脑厂商生产的现成的“万用电路”，并没有专门为脑科学设计、生产诸如非线性动力学之类的专业电路。虽然“万用电路”也可以使用，但要想更精确地将脑电波数字化、图像化，“万用电路”效率不高，效果也并不好。

卢多维科和裴德乐在这里找到了共同点。卢多维科没有利用数学模拟，而是将大脑与其物理实现的系统进行比较。这一想法让擅长数学的裴德乐感到十分惊奇，并产生了浓厚兴趣。两人常常促膝长谈，彻夜工作。在讨论中，两人产生了许多关于脑电路的新思路、新想法。这是一条具有开拓意义的全新道路，虽然整个构想有待完善并需要得到硬件生产厂家的配合，有关工作也还在加紧进行，但前景十分诱人，无疑会使团队的脑电科研更上一层楼。这个构想之所以如此独特，是因为它融合了许多学科的东西，而这种跨学科研究，也正是裴德乐一直遵循的核心理念之一。

电子计算机的非线性动力电路设计不仅可以应用于脑科学，也可以应用于其他领域，如使用这套全新电路，可以使炼钢厂减少能耗，在其他自动化应用方面也大有用武之地。所以，卢多维科的研究方向与裴德乐团队的研究与开发方向十分契合，他们的合作将会创造更多价值。

卢多维科的工作成效既受到裴德乐的高度赞赏，又得到了院校领导的充分肯定，在六名来自喀麦隆共和国的博士后招募、助手配备、国际化合作方面都给予大力支持。随着研究的深入，学校还为卢多维科配备了专门的实验室，这使他深怀感激。

与此同时，卢多维科也深深爱上了成都这块安心作学问的“风水宝地”，来电子科技大学仅一年多，他就很有成就感并且不想再离开了。这意味着他将像裴德乐一样，全心全意定居成都，扎根电子科技大学。在申请国家自然科学基金优秀青年科学基金项目（海外）的过程中，学院给予了卢多维科极大的帮助和支持。现在，卢多维科的“跨学科非线性动力学实验室”也成立了将近一年的时间，他所研究的“大脑和电子系统中的非线性动力学”，在中国也是一个相当独特的跨学科项目。卢多维科的实验室与裴德乐的“中国 - 古巴神经科技转化前沿研究联合实验室”，就广泛的科技主题展开了密切的合作。而这一段青年教授与资深教授深入合作交流的科研美谈，也正是“1+1>2”的真实案例。

裴德乐的
中国故事
Pedro’s
China Story

第七章
PART 7

# 向共同理想进军

# 人才“全链条服务”

无论从世界还是从中国的角度来看，人才的竞争都非常关键。

随着中国现代化进程的加快，国内高校吸引外籍人才的竞争日趋激烈，机会往往转瞬即逝。为了更好地吸引海外人才，加强国际合作，电子科技大学生命科学与技术学院党委书记李文远向校领导作了汇报，商讨如何推进落实人才“全链条服务”的举措。

2021年6月，裴德乐与李文远

他给自己定的工作原则就是当好中外专家教授的“后勤部长”，全心全意为他们服务，以促进科研工作多出成果。他认为这就是政工干部的职责和使命。

裴德乐的办公室与李文远的办公室门对门，两人“抬头不见开门见”。平时他俩就工作、生活的话题，无所不谈。每当得知裴德乐遇到什么工作困难，李文远总是第一时间出面协调解决。每逢春节，李文远都会代表学院逐一登门看望孔哲文、裴德乐等外籍专家。李文远可谓是外籍专家心目中的“最佳总管”，在为他们提供后勤保障上，事无巨细。

比如，外籍专家经常出国进行学术交流或参加国际会议，有时由于某些特殊情况，在费用报销方面会遇到难题。2023 年，裴德乐夫妇去古巴推进“一带一路”联合实验室建设工作，由于没有成都直飞哈瓦那的航线，也不能经美国抵达古巴，必须绕道欧洲，旅途时间长达 30 多个小时。裴德乐、玛丽亚都年过七旬，长途飞行让他们疲惫不堪，迫不得已在转机城市停留休息。但是按照财务规定，非公务城市停留原则上是不予报销的。此外，裴德乐只要有机会就会在国际场合不遗余力地为中国、为电子科技大学作宣传，但由此产生的额外旅费“师出无名”，按常规不能报销。这种费用累计起来是一个不小的数字。

李文远深知，这些一心扑在科研工作上的外籍科学家实际上也是“工薪族”，要靠工资生活，如果这些额外费用全部让他们自己承担，也是一个沉重的负担。他也觉得不合适，内心深感不安。每当遇到这种情况，李文远都不厌其烦，以最大的耐心向包括裴德乐夫妇在内的外籍专家解释学校出访制度的要求和规定。同时，对于在出访整体计划之内，与出访目的地相吻合，但临时出现的特殊情况，他奔走于学校各相关部门，多次联合国际处、财务处等共同协商找到合规解决问题的办法。这些“小事”，让外国专家非常感动。裴德乐对李文远说：“有你们站在我们背后，我们这些‘老外’心里分外踏实！”

李文远深刻地认识到，要使外籍专家扎根学校，首先得有适合他们做的科研项目。在这方面，裴德乐是一个比较典型的例子。

在来成都之前，裴德乐在脑科学研究领域已经工作了很长时间，积累了丰富的经验。他入职生命科学与技术学院并成为“全职教授”后，研究对象更偏向于老龄人群，而中国正是步入人口老龄化的大国。李文远积极推动裴德乐的研究工作立项，拨付充足的科研经费，为裴德乐的研究工作提供了有力支持。

裴德乐的项目要取得突破性的成果，必须有大量可供研究的各种大脑标本作为研究基础，而大脑数据又不可能用外科手术式的开颅方法取得，只能通过电脑监测大脑活动得到。在电子科技大学生命科学与技术学院，裴德乐与尧德中合作的尖端项目就是建立“全球脑电波规范数据集”，其科技术语简称“常模”。这个重大项目得到了生命科学与技术学院领导班子的全方位支持。

监测大脑运行状况，为大脑保健和治疗病变提供解决策略，最有效的仪器是核磁共振仪，但其设备庞大、使用费用高昂，每使用一次，费用便高达上千元。因此，裴德乐和尧德中两位科学家决心开发出一种能够使大脑监测与穿戴设备相结合的仪器，它成本低廉、便捷实用，效果并不比核磁共振仪差。初步成果经合作单位四川大学华西医学中心、四川省人民医院和成都市第四人民医院的临床检测，效果很好。这个项目，目前仍在加紧推进中。

人才“全链条服务”的另一个重要内容就是为外籍科研团队创造便利条件，这并不仅仅是指科研工作顺利开展。李文远深感从“人之常情”出发，让他们有“家”的感觉也非常重要。

几十年来，来中国讲学、科研、交流的各国人才络绎不绝，他们虽然很喜欢国内的科研氛围和高校提供的条件，但其中不少专家在中国工作多则几年，少则几个月，最终仍然选择离开，这是什么原因呢？李文远仔细分析发现，专家只身一人在中国，时间久了不免有诸多不便，使得他们思家心切。

学院党委想到裴德乐是从古巴引进的“全职教授”，他非常热爱中国，热爱电子科技大学，在生命科学与技术学院的工作也十分顺利，虽然他的夫人玛丽亚一直在他身边，却没有正式的工作，生命科学与技术学院领导班子感到这可能会影响到裴德乐长期稳定的工作。学院党委研究后，立刻着手解决玛丽亚的问题。在学校的支持下，与裴德乐研究方向相近的玛丽亚很快被聘为生命科学与技术学院的“协议教授”，并加入了裴德乐的科研团队，学院还特意将她的办公室安排在裴德乐的隔壁，方便他们交流。这一举措让裴德乐和玛丽亚铁了心扎根电子科技大学，全心全意在生命科学与技术学院工作。玛丽亚安定下来后，他们把女儿和外孙女也接到了成都。

裴德乐、玛丽亚的外孙女玛娅当时只有十岁，她和母亲来成都并非短期度假，而是已经做了长留成都的打算，“小老外”玛娅的上学事宜便成为一个亟待解决的问题。裴德乐住处附近就有一所外国语学校，但是学校收费太高，超过了裴德乐的承受能力。学校国际合作与交流处处长高世全多次与校方沟通，向他们介绍裴德乐这位著名国际科学家的声望和成就，以及他的科研工作的重要性。校方也争取到政策，减免了不少学费，玛娅终于顺利入学。

裴德乐一家其乐融融地开始了在成都的新生活。这得益于电子科技大学提供的全方位人才服务，体现了学校对国际人才无微不至的关怀。

裴德乐一边做科研，一边致力于推动科研成果的转化。他参与建设的湖南“永州（中国古巴）生物技术联合创新中心”，是中古两国在生物医药领域的首个政府间合作机构。在中方支持下，古方组成了若干个生物技术顶尖团队进驻永州市，建立了联合技术研究机构，重点在肺癌靶向药物、抗艾滋病药物、海藻蓝素治疗中风和多发性硬化药物及多肽类药物等方面开展临床研究和实验。

与此同时，古方应中方要求，就镉超标稻谷以及湖南丰富资源的柑橘皮、生猪等资源，开展了动植物提取技术和新产品开发等新方向的专题研究。

经过裴德乐的牵线搭桥，古巴规模最大的国有医药集团生物技术和医药产业集团与中国的百泰生物药业有限公司多次派遣代表到电子科技大学访问交流，洽谈合作。

百泰生物药业有限公司是国内较早从事单克隆抗体药物和治疗性疫苗等创新生物药品研发、生产和销售的高新技术企业。该公司研发的“泰欣生”是国内首批获批治疗鼻咽癌的靶向药物。它与古巴生物技术和医药产业集团的合作，是中古在生物技术领域水平最高、投资规模最大的项目。

裴德乐认为，中古双方在生物医药领域开展的合作具有广阔的前景和巨大的潜力。中国在生物技术创新和药物研发方面具有比较雄厚的实力，古巴在生物医药领域具有独特的优势，双方可以共同开展新药研发、技术交流、人才培养等方面的合作，推动两国生物医药产业的共同发展。

# 绿灯照亮特殊通道

“师资特区”是电子科技大学为海外专家提供优质服务的又一个创举，创建者正是学校的人才工作办公室。

学校人才工作办公室主任马岚被大家称为“女强人”，她深入实施“人才强校”战略，千方百计力促更多像裴德乐这样的国内外高级人才来电子科技大学任教、做科研，并为他们提供各种保障。校领导层早就认识到，国家要发展，学校要进步，人才是最关键的因素。按照这个既定方针，校领导要求人才工作办公室要做好资源配置工作，包括筹集项目经费、协助各学院组建外籍专家科研团队、协调各方面合作关系等工作。

裴德乐不仅是生命科学与技术学院脑科学领域的重要专家，他的声望与成就也使他成为电子科技大学外籍专家的杰出代表。学校人才工作办公室在协助生命科学与技术学院安排了他妻子玛丽亚来校就职“协议教授”后，为了更好地支持裴德乐和其他外籍专家教授的工作，还配合生命科学与技术学院，在全校率先建立了“国际精准医疗院士工作站”。工作站集合了以古巴为主的拉丁美洲各国精英，成员全部都是院士级别的顶级人才。工作站专门为来华进行学术交流的顶级专家服务，为其在电子科技大学各个学院的讲学、科研等活动提供全程保障，确保专家学术工作的顺利开展。工作站的成立促进了电子科技大学与各国专家及各国科研机构的合作，加深了中国同古巴等国家之间的友谊。

万事开头难，外籍专家初到电子科技大学时，由于人生地不熟，在组建科研团队过程中会面临诸多挑战：经费申请、办公实验场地安排、设备配置、助手招聘，以及与学校各部门的协调等，这些问题都非易事。不过，一旦外籍科研团队确立项目获批，校人才工作办公室必定全力支持，克服各种困难，确保专家团的科研工作顺利开展。

裴德乐成为“全职教授”后，他的新科研团队和实验室刚建立，就有人提出疑问，裴德乐的年龄已经过了国家规定的研究生导师年限，再带博士、硕士是否合适？

校人才工作办公室在马岚的带领下四处奔走，做各方面的思想工作，努力协调各方资源，让大家认识到来校工作的外籍专家教授都是国际一流人才，他们具有一种天然优势，那就是不仅能为学校带来更多高质量的国际学术交流，还能为国家培养大量具有国际水平的高端人才，促进院校教学、科研的国际化。像裴德乐这样的国际一流学者，虽然年事已高，但他做的科研项目都是世界前沿的，在电子科技大学经他指导的中外博士、硕士水平也是很高的。同时，这位“科技外交家”还为学校引进了不少国外高端科研人才，每年仅裴德乐在电子科技大学发起并主持的国际学术活动，大大小小就有十几场。种子一旦埋下，将来，像这样广泛的国际交流与合作也会生生不息地进行下去，成为电子科技大学强校的法宝之一，结出累累硕果。

人才工作办公室对裴德乐科研工作的持续支持，充分体现了学校领导层的战略眼光。全校上下已达成共识：人才引进是学校发展的重中之重，必须坚定不移地长期推进，贯彻落实。

裴德乐、孔哲文、本杰明、乔纳斯、卢多维科·米纳蒂等外籍专家来校入职后取得的优秀成果使大家逐渐认识到外籍专家的重要价值，也了解到了国际高级人才的引进其实并非易事。异域完全不同的工作环境、文化习俗、生活习惯，对任何外籍专家来说都是一个巨大的挑战。即使凭裴德乐的声望和成就，要为学校引进一位国际高端人才也非易事，往往费尽九牛二虎之力也不一定会成功。

外籍专家对在中国长期生活存在一定顾虑，所幸成都优越的地理环境、包容的人文精神和独特的城市风格，很对外籍专家的口味，这中间当然离不开裴德乐不遗余力的“游说”。一有机会他就要宣传中国好、成都好、电子科技大学好、生命科学与技术学院好，这几乎已经成了他的习惯。他恨不得把全球优秀的科学家都召集到他热爱的中国、他留恋的电子科技大学来。

校人才工作办公室因势利导，决定开创一个外籍专家的“师资特区”，一方面无微不至地照顾已来校的外籍专家，另一方面吸引更多的国际人才。尤其重要的是，当外籍专家遇到某些特殊困难时，可以纳入“师资特区”，特事特办加以解决。

“师资特区”并不是一块空招牌，而是实实在在地建立起了实施机制。电子科技大学党委书记、校长亲自挂帅担任领导小组的正、副组长，对涉及外籍专家的困难有求必应，迅速解决；学校还将“师资特区”固定为学校的行政机制，特事特办，为引进人才提供最优化服务。

2024年3月21日，电子科技大学党委书记曹萍（左二）看望裴德乐夫妇

兄弟高校知道后也不由得感叹，电子科技大学把引进人才、爱惜人才的工作，简直做到了极致！

2020 年，裴德乐 70 岁。按教育部规定，无论中外教授，年过 63 岁就不能再招收博士研究生，由此对于能否续聘他继续做“全职教授”这一问题，在政策法规的限制下，各方一时间难以作出决断。

此时由于新冠疫情暴发，回国探亲的裴德乐在假期结束后被迫滞留哈瓦那无法返回成都。待在哈瓦那的裴德乐焦急万分，他生怕会错过自己带的几位外国博士生春季毕业论文的答辩，更是非常挂念他的科研团队。

裴德乐心如火燎，归心似箭，经过多次争取和协调终于搭乘法航班机经巴黎、莫斯科，克服了旅途中的种种困难，回到了中国。

去机场接裴德乐的董烨芸看到这位年过七旬的老科学家独自背

着沉重的行囊，风尘仆仆、疲惫不堪地出现在眼前时，她不禁热泪盈眶。所有人都为裴德乐的一片赤诚之心所感动。

学校研究决定，裴德乐超龄续聘“全职教授”被纳入“师资特区”特事特办，接下来要做的，就是如何为裴德乐争取到继续招收硕士、博士研究生的资格。

年龄因素显然与有关政策规定有冲突，但是学校需要裴德乐，裴德乐也需要电子科技大学。任何问题总能找到解决办法。校领导两次召开专题会议研究解决这个难题。

经过校人才工作办公室多方协调与努力，各方最终达成共识——留任裴德乐并且让他获得继续带研究生的资格。这体现了电子科技大学的科研态度，即不拘一格用人才、特事可以特办，问题终于得以圆满解决。

获得续聘后，裴德乐为电子科技大学生命科学与技术学院引进的第一个人才，就是意大利青年科学家卢多维科·米纳蒂。他热爱中国，热爱脑电科研事业，他的研究成果具有独创性且具有巨大价值。卢多维科在来到生命科学与技术学院的第二年，就成功申报为生命科学与技术学院的“全职教授”，留在了成都，留在了电子科技大学。

在卢多维科之后，又有不少外籍专家来校讲学、任教，进行科研合作，新生力量不断涌进电子科技大学，大家都再次深刻认识到留任教授裴德乐的深远意义——“山不在高，有仙则灵”，一位外籍优秀人才可以带动更多的国际“大咖”来中国，来成都，为电子科技大学建设中国特色世界一流大学贡献自己的力量。

这种滚雪球似的“链式反应”，将使这所高等学府保持科研活力，让中国的科研事业更加多元化、国际化。

# 定居成都

裴德乐始终心系普通老百姓看病难的问题，不仅是古巴、中国，而是世界各国，尤其是广大发展中国家。利用经济实用的大脑活动监测仪为医院临床治疗提供准确数据，也是他孜孜以求的目标。

裴德乐多年来采集了二十多个国家病人的大脑标本，用于研究阿尔茨海默病等疾病的致病机理及大脑老化过程。成为电子科技大学“全时教授”后，裴德乐率先提出建立一个国际性的网络共享研究平台，用于搜集全球大脑科学数据，由计算机处理后形成一个庞大的数据库，实现脑电波科研的全球资源共享。

刚开始时，他的科研伙伴尧德中对这个项目并不看好，他认为全球数据搜集的难度很大，电脑处理庞大信息的能力也不足，但是裴德乐坚持他的观念，他们经常在一起商讨至深夜，这期间甚至发生激烈争论。

裴德乐首先邀请古巴、加拿大和美国的专家作为访问学者加入该项目，经过反复论证和修改完善后，最终与尧德中达成共识，共同将项目推进至国家层面。这个项目由国家资源部领衔，中国、古巴、加拿大各国的基金会共同资助，于 2018 年正式立项，这代表着中方主导的国际脑电研究从此上了一个新台阶。

在裴德乐成为电子科技大学“全时教授”后，裴德乐、尧德中汇聚中外专家共建的“全球脑电波规范数据集”，被全球脑科学联盟（GBC）列为脑疾病临床诊断参考。在与尧德中的合作中，裴德乐将尧德中早年创立的“脑电零参考技术”深化为“正则化脑电零参考技术”，厘清了脑电领域这个基础性课题中的各种关系，这对脑电领域的坚实发展有重要意义。他们的合作成果被国外学者誉为该领域的“罗塞塔碑”。

“罗塞塔碑”是两千多年前古埃及托密勒王朝法老的诏书，刻在一块花岗岩石头上。在1799年罗塞塔碑被发现之前，古埃及的象形文字一直是个谜，谁也无法解读，碑文的破译为埃及学提供了一部精准的字典，古埃及文明从此大白于天下。裴德乐、尧德中的研究成果被赋予这样的称号，具有非凡的意义。

尧德中与裴德乐合作的科研论文，在世界脑科学界顶级刊物《神经成像》等杂志上发表，得到国际脑科学学界的高度认可。下一步，他们合作的研究项目是将人工机器智能与脑电研究模式结合，形成人机混合智能；更进一步的发展计划是形成更高级的下一代“孪生智能”。裴德乐和尧德中坚信，届时的脑电科研必将再上新台阶。

裴德乐在2016年荣获四川省“天府友谊奖”，次年再获“中国政府友谊奖”，这是中国政府和人民对他杰出贡献的充分肯定。

2017年8月底，裴德乐申报的国家人才计划获得批准，这意味着他的再次升级，由“全时教授”成为电子科技大学的“全职教授”。申报国家人才计划成功的人有选择落地学校的自由，在这种情况下，尧德中率领的科研团队、裴德乐的学生，以及马岚、黄百灵、董烨芸等电子科技大学的老师都有些担心，生怕裴德乐放弃成都，选择

2017年9月，裴德乐（前排左一）荣获中国政府友谊奖

条件更好的北京、上海等超一线大城市。

他们喜欢这位古巴老人，他们舍不得裴德乐离开成都，离开电子科技大学。

一切担心都是多余的。裴德乐毫不犹豫地选择了成都，选择了电子科技大学。

当黄百灵陪同尧德中及电子科技大学院校领导前往学校综合大楼裴德乐的工作室，准备正式告诉他“全职教授”获得批准的消息时，谁也没想到裴德乐夫妇已经在大厅门口迎接他们了。原来他们事先已从古巴方面得到了消息。

更让黄百灵一行惊讶的是，裴德乐身着笔挺的西装，皮鞋擦得锃亮，头发梳得纹丝不乱，夫人玛丽亚也身着一袭正装，胸口还别着一朵小红花，挽着丈夫的手臂。夫妇二人笔直地站在门口迎接他们，像是在外交场合出席一个庄严的仪式。

黄百灵自认识裴德乐和玛丽亚以来，极少见夫妇俩如此正式的装扮。看着夫妇俩庄重的神色，黄百灵明白了，原来裴德乐夫妇非常看重今天这个特殊的日子，把今天视为他们又一次崭新生活的开始，这对他们来说十分重要，这才如此正式着装，一脸庄严地出现在他们面前。

黄百灵不免有些歉意，她心想早知如此，我们真该举行一个正式的仪式。

进到工作室，完成了所有手续，裴德乐正式成为电子科技大学的教职员工！

按照古巴科学院的规定，裴德乐入职电子科技大学后，必须放弃自己在古巴国内的职位。他没有丝毫犹豫，毅然辞去了古巴神经科研中心副主任的职务。辞职并非断绝关系，恰恰相反，裴德乐深知，只有更加深入地加强中国和古巴的科研合作，才能够更好地造福他亲爱的祖国，成为像白求恩那样对人类有益的人。他的想法与习近平主席提出的共建人类命运共同体的主张完美契合。

玛丽亚也辞去了在古巴神经科研所的工作，跟随丈夫一起将工作单位落实在成都，成为电子科技大学生命科学与技术学院脑科学团队的成员。

为了帮助裴德乐组建新的科研、教学团队，学校信息医学科研中心在教学主楼划出几间办公室，供他做研究和给研究生讲学使用，并配备了完备的办公器材和得力的助手。

# “CCC”国际脑合作计划

裴德乐等一大批外籍专家能够来中国进行科研工作，并在中国长期稳定下来，首先得益于国家对外籍专家的人才引进政策，得益于四川省有关部门对愿意前来中国工作的各国专家学者的大力支持，提供了各种优厚的条件，吸引了大批国际知名专家学者来华开展工作。

在四川成都，电子科技大学依照国家大力引进人才的战略决策，制定并实施了“人才强校”政策，将重点放在吸引优秀外籍科学家来校合作上，为他们提供优待政策、创造各种条件，让他们工作顺心、生活无后顾之忧。这不仅能够吸引外籍专家前来电子科技大学，也是让他们愿意长期留下来的重要原因。

成都建设国际化大都市的活力、高速发展的态势和宜人的生活环境，深深吸引了裴德乐等外籍专家，使他们选择定居成都。

英雄需要施展才能的用武之地。

电子科技大学成熟、完善的科研平台，正是吸引海外人才的一个重要因素，学校开发的 3T 高场磁共振成像系统、核磁共振设备和技术等都处于国内领先水平，各研究院的科研设施和硬件配备也十分完善，具有国际先进水准。最重要的是，电子科技大学有一支高水平的科研队伍，各研究院的不少专家教授是美国、英国、加拿大等国家的科学院通讯院士或者研究员，他们在国际科研领域出类拔萃、成绩斐然，具有国际知名度，与其他国家的专家合作得也很顺畅。

这些基本情况和雄厚实力，吸引了裴德乐等外籍专家前来电子科技大学讲学、做科研，裴德乐从此开始了他在成都、在电子科技大学崭新的工作和生活。

脑科学的体量巨大，分科繁多，对其进行的研究如银河追星、大海捞针，单枪匹马难有成就。数据采集共享可以避免海量的重复劳动与资金浪费，因此推动国际科技合作一直是裴德乐的心愿，来到电子科技大学后，他的这个心愿得以充分实现。他了解到尧德中正在申报国家外国专家局、教育部“高等学校学科创新引智计划”项目，便立即与尧德中共同谋划、联合申报。

在这之前，电子科技大学神经信息实验室已经建立，是教育部的重点实验基地，裴德乐是该基地特聘的海外学术大师，承担着与国际脑神经科学领域进行联系和牵线的任务。裴德乐很快邀请到英国、加拿大、澳大利亚等国家脑科学领域的院士、专家加入项目申报，最终使该项目成功入选国家“高校学科创新引智计划”。紧接着，裴德乐又亲自选派古巴神经科学中心的青年科学家爱德华多和亚塞尔来到电子科技大学进行短期访问交流，并与尧德中一道安排电子科技大学的博士生赴古巴进行学术访问。

裴德乐于 2012 年全力促成了国际脑连接组领域最著名的系列专题会议“脑连接学术研讨会”首次在中国成都召开。这次盛会由电子科技大学承办，这对于促进电子科技大学与脑连接组学国际顶级大师的交流与合作，真正把电子科技大学神经信息实验室建成世界一流的脑神经信息基地，发挥了关键性作用。

在这个良好基础上，裴德乐、尧德中、加拿大麦吉尔大学的艾伦·伊文思共同努力，推动电子科技大学、古巴神经科学中心和加拿大麦吉尔大学共同发起了“中国（China）–加拿大（Canada）–古巴（Cuba）”国际脑科学合作计划，简称“CCC”国际脑合作计划。

艾伦·伊文思是与裴德乐有着三十多年交往的老朋友，也是世界上最早呼吁开放共享脑科学数据的科学家之一。三十多年前，裴德乐和古巴神经科学中心的同事们到加拿大蒙特利尔进行学术访问，造访了艾伦·伊文思的实验室。艾伦·伊文思创建的大脑结构数据库和大脑的统计图让裴德乐非常感兴趣，他希望能够共享这些研究资源。艾伦·伊文思毫不犹豫地满足了他的要求，那时的伊文思没想到还能再次见到裴德乐。

仅在“CCC”国际脑合作计划发起一年半之后，裴德乐和同事第二次来到了蒙特利尔，向艾伦·伊文思展示了他们利用那些分享的实验室数据，结合古巴人类大脑图谱项目所取得的新成果，制作了一张反映人类大脑从 5 岁到 90 岁的发育和衰老过程的大脑图谱。

艾伦·伊文思看后深感震惊，他说：“三十多年前与裴德乐教授相识，是我生命中较为震撼的经历之一。裴德乐展示了我以前从没见过的大脑图谱，那一刻我意识到，这是一件非常特别的事情——我正在和世界一流的科学家在一起工作！”

艾伦·伊文思从此开始了与裴德乐毕生的友谊和紧密的合作，这种关系一直延续到了“CCC”国际脑合作计划的实施中。他十分高兴能与来自古巴和中国的同仁进行长期合作，他希望相关科技工作者都能接触到脑科学，接触到脑科学发展所产生的新的治疗方法。要做到这一点，就需要以全新的思维模式共享脑科学的数据、科研工具和理念，让更多国家的科技工作者从中受益。

裴德乐、尧德中与艾伦·伊文思具有同样的志向，对脑科学研究具有同样巨大的热情，对于科学家共享脑电信号数据的想法也高度一致。正是这样的共同点，把他们紧密联系在一起。

2016 年 9 月 24 日，在古巴哈瓦那，在国务院总理李克强与古巴国务委员会主席兼部长会议主席劳尔·卡斯特罗的共同见证下，成都市常务副市长朱志宏与古巴生物医药集团总裁卡洛斯·古铁雷斯签署了《成都市人民政府与古巴生物技术和医药产业集团关于启动中国（成都）–加拿大–古巴脑计划的战略合作框架协议》,“CCC”国际脑合作计划正式由中古两国政府确认。

该协议确定以电子科技大学为依托，与加拿大麦吉尔大学、古巴神经科学中心联合开展科技合作，并协同四川大学华西医院、四川省人民医院等医疗机构，在成都科学城开展脑科学与类脑技术研究，联合建立“天府脑信息前沿研究院”和“脑信息科技研究国际联合实验室”，其中包括“中国–古巴神经科技转化前沿研究联合实验室”和“中–加神经影像前沿研究联合实验室”，争取将这个研究院和实验室打造成为国内第一、国际一流的集知识发现、技术创新和学术交流于一体的重要基地。

“CCC”国际脑合作计划的影响很快就从最初的科研合作，发展到国际联合办学，电子科技大学–麦吉尔大学联合硕士项目已经启动，并在产业发展和医疗合作方面合作密切。

“CCC”国际脑合作计划也成为成都参与国际科技合作的范例，它在国内外的影响不断扩大，带动了很多脑科学国际会议到成都举办，并且使成都成为国际脑科学联合组织（IBRO）的积极参与方。

对四川省而言，更重要的意义在于它整合了四川省内的脑信息科学研究力量和资源，使四川省有更多机会参与国际国内脑科学和类脑科学的研究，这些研究成果投入实际应用后，有力推动了相关产业的快速发展。

在该计划的有力支持下，电子科技大学生命科学与技术学院的尧德中与古巴神经科学中心负责人、裴德乐的弟弟米切尔，加拿大麦吉尔大学的艾伦·伊文思密切合作，研发了可整合多方数据、工具和算力的国际化云脑技术平台——WeBrain（网址：https://webrain.uestc.edu.cn/）。

该平台整合了包括 EEGLAB、FieldTrip 等国际主流的开源的 MATLAB 工具箱，以及 REST、ENA 等特色自研脑电分析工具，共享了相关算法 100 多个、积累了 30 个以上的数据集，包含了上万例脑（电）信息数据，吸引了来自中国、美国、德国、俄罗斯、英国、

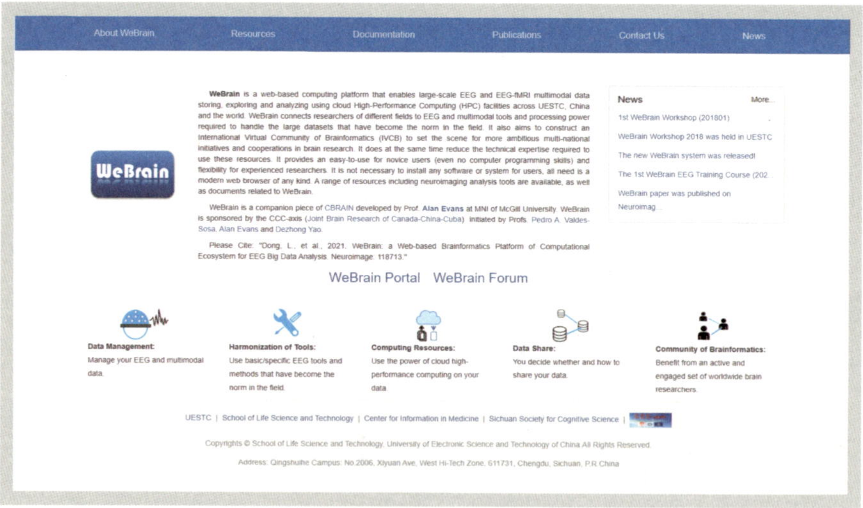

WeBrain技术平台截图

2018年4月20日，裴德乐（前排左二）参加“CCC”国际脑合作计划签约仪式

加拿大、意大利、日本、韩国、新加坡、阿根廷等38个不同国家的网络访问。

基于该平台的强力支持，三方合作研究了早期营养不良对脑认知的影响、阿尔茨海默病生物标记物、精神分裂症脑机制、脑老化演变机制等问题，并在*NeuroImage*、*Human Brain Mapping*、*British Journal of Psychiatry*、*Schizophrenia Bulletin*等重要专业期刊上发表了系列研究成果。WeBrain技术平台也入选了国家自然科学基金资助项目优秀成果选编，并被“中国脑计划”项目选为信息支撑平台。裴德乐说：“这个项目的初衷是为了共享数据、共享信息和共享各个项目的研究情况，同时也为世界各地的科学家带来一些数据信息和科研契机，通过这个项目加强交流与联系……未来我们希望将这个项目计划向全球进一步深化和推广。”

# 回击谬论

在脑科学研究方面，尧德中跟裴德乐是最紧密的伙伴，他们多年的主攻方向相当契合，主要是结合计算机的脑功能统计分析，但他们的具体研究课题略有不同：裴德乐偏重脑科学研究的方法与路径，尧德中则致力于研究脑机接口。他们共同的大目标是完全一致的，那就是将研究成果尽快应用到与脑疾病有关的诊断和治疗当中。

作为电子科技大学脑科学的领军人物，尧德中的工作主要是采集脑电波，建立测试标准，找到脑电记录的测量基准点。在裴德乐来电子科技大学之前，这方面的研究困难重重。准确性一直是难点，尧德中用一个生动的比喻形象地说明了这个难点——譬如人坐在船上用仪器测量岸上一座山的高度，在风平浪静的时候得到的数据非常准确，但如果船随波浪上下起伏，测量出的数据就会出现很大偏差。我们的研究工作就是要把这艘“船”固定下来，建立一个稳定的平台，从而找到大脑波形测量的基准点，以此为脑电波基础研究提供标准，搞清楚大脑活动的机制，并将其应用到临床医学的实践中去。尧德中在这方面取得了初步的成功，即建立了脑电的零参考技术。

为了帮助中国同行进一步优化该技术，裴德乐的科研团队与电子科技大学生命科学与技术学院尧德中的神经工程（后更名为“脑器交互”）研究团队建立起了牢固的科技合作关系。裴德乐利用自己的国际影响力，引导古巴、美国、加拿大科学家介入，进一步从正则化角度优化了相关技术，并大幅推动了技术的国际化。

尧德中是中国脑科学领域的领军人才之一，在他的带领下，团队首创“脑器交互”( Brain-Apparatus Communications, BAC )学术概念。受“形神合一”和“天人合一”思想的启发，他提出的BAC就是要强调大脑与身体各器官、系统的和谐交互，以及大脑与外界环境、器械的和谐交互的统一，被誉为是对脑机接口领域的拓展，可能成为脑机接口之后的新赛道，得到了国内外同行的高度认可。

近年来，尧德中带领的团队在脑器交互的生物机制、交互的信息理论方法、交互的信息技术、交互的场景与范式、交互的应用示范等一系列问题上取得了具有创新意义的成果，得到“国家科技创新2030”重大项目、国家自然科学基金重点项目支持，并荣获了教育部自然科学奖一等奖、中国生物医学工程学会黄家驷生物医学工程奖一等奖。

2018年，国际脑电图与临床神经科学学会（ECNS）评奖委员会决定将当年的罗伊·约翰奖（Roy John Award）授予尧德中，以表彰他在电生理学方面令人印象深刻和富有影响的研究。

尧德中是亚洲首位获此殊荣的研究学者，而这个奖项，正是用裴德乐的导师罗伊·约翰的名字来命名的。2023年，裴德乐也获得了国际脑电图与临床神经科学学会颁发的罗伊·约翰奖。裴德乐深感，命运在冥冥之中，通过他的导师罗伊，早就把自己与尧德中联系在一起了。

2024年是罗伊诞辰一百周年，裴德乐和米切尔在古巴神经科学

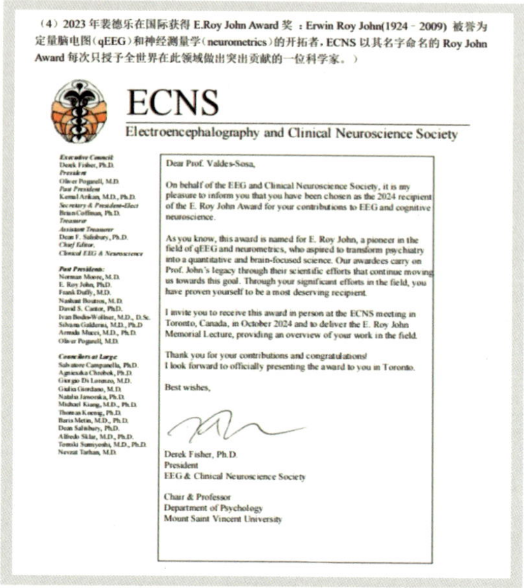

（4）2023 年裴德乐在国际获得 E.Roy John Award 奖 ：Erwin Roy John(1924 - 2009) 被誉为定量脑电图（qEEG）和神经测量学（neurometrics）的开拓者，ECNS 以其名字命名的 Roy John Award 每次只授予全世界在此领域做出突出贡献的一位科学家。）

ECNS

Electroencephalography and Clinical Neuroscience Society

*Executive Council*
Derek Fisher, Ph.D.
*President*
Oliver Pogarell, M.D.
*Past President*
Kemal Arikan, M.D., Ph.D.
*Secretary & President-Elect*
Brian Coffman, Ph.D.
*Treasurer*
*Assistant Treasurer*
Dean F. Salisbury, Ph.D.
*Chief Editor,*
*Clinical EEG & Neuroscience*

*Past Presidents:*
Norman Moore, M.D.
E. Roy John, PhD.
Frank Duffy, M.D.
Nashaat Boutros, M.D.
David S. Cantor, PhD.
Ivan Bodis-Wollner, M.D., D.Sc.
Silvana Galderisi, M.D., Ph.D
Armida Mucci, M.D., Ph.D.
Oliver Pogarell, M.D.

*Councilors at Large*
Salvatore Campanella, PhD.
Agnieszka Chrobak, Ph.D.
Giorgio Di Lorenzo, M.D.
Giulia Giordano, M.D.
Natalia Jaworska, Ph.D.
Michael Kiang, M.D., Ph.D.
Thomas Koenig, Ph.D.
Baris Metin, M.D., Ph.D.
Dean Salisbury, PhD.
Alfredo Sklar, M.D., Ph.D.
Tomiki Sumiyoshi, M.D., Ph.D.
Nevzat Tarhan, M.D.

Dear Prof. Valdes-Sosa,

On behalf of the EEG and Clinical Neuroscience Society, it is my pleasure to inform you that you have been chosen as the 2024 recipient of the E. Roy John Award for your contributions to EEG and cognitive neuroscience.

As you know, this award is named for E. Roy John, a pioneer in the field of qEEG and neurometrics, who aspired to transform psychiatry into a quantitative and brain-focused science. Our awardees carry on Prof. John's legacy through their scientific efforts that continue moving us towards this goal. Through your significant efforts in the field, you have proven yourself to be a most deserving recipient.

I invite you to receive this award in person at the ECNS meeting in Toronto, Canada, in October 2024 and to deliver the E. Roy John Memorial Lecture, providing an overview of your work in the field.

Thank you for your contributions and congratulations!
I look forward to officially presenting the award to you in Toronto.

Best wishes,

Derek Fisher, Ph.D.
President
EEG & Clinical Neuroscience Society

Chair & Professor
Department of Psychology
Mount Saint Vincent University

2023年，裴德乐获得国际脑电图与临床神经科学学会颁发的罗伊·约翰奖

中心的入口处，挂上了罗伊的肖像，用西班牙文写的简介是“他发现了大脑的内源性潜力，并推动了记忆机制的研究。基于其政治信念，他在第二次世界大战期间以志愿者身份投身实践，并积极声援古巴。此外，他还为古巴首台计算机的发展作出贡献，这使他得以与我国合作开发定量脑电技术。”

尧德中跟裴德乐一样，不仅热爱科研工作，而且有着强烈的使命感，这种使命感不仅局限于中国、古巴，他们都希望对世界脑科学的发展作出贡献，用科学手段解除大脑疾病带给人们的痛苦。裴德乐认为，这是他和尧德中以及电子科技大学生命科学与技术学院同行最大的共同点。他说：“尧德中教授不仅是我志同道合的同行，也是我入职电子科技大学后亲密的朋友。而成都，简直就是我的第二故乡！”

裴德乐给电子科技大学尤其是生命科学与技术学院的师生们最深刻的印象，就是他的这种使命感和事业责任心。有时候，即使面对不属于他专业的问题，他也会穷究到底，这体现了他作为一个杰出科学家追求真理的大无畏精神。

2016年，有些政客攻击古巴、中国、俄罗斯暗中开发声波武器，企图发动对西方的攻击，甚至造谣说美国驻古巴某领事馆的工作人员，受到“次声波”攻击而导致患病，并将这种病冠以“哈瓦那综合征”之名。裴德乐看到报道后怒不可遏，他专程赶到美国，参加就此问题专门召开的听证会。

声学是物理学的一个大类，本来不是裴德乐的专业和研究方向，但他凭借着坚实的基础科学知识，义正词严地对这些谣言进行了有力驳斥。

他当面向美国国会议员论证，声波不可能作为有效武器使用，无论古巴还是中国，更无意研制它用来攻击西方。他中气十足，声音浑厚，很有穿透力；美髯飘洒，风度十足，散发出凛然正气。他的论证就像一阵疾风劲吹，荡尽阴云迷雾。

谣言最终被戳穿，成为笑柄。信谣和传谣者，是多么“幼稚”、多么“天真”！“声波事件”在裴德乐发声后迅速平息，中国同行们无不拍手称快。

裴德乐简直就是像山岳一样的科学家！

裴德乐在等待正式入职电子科技大学期间，总是在成都—哈瓦那、北京—圣地亚哥之间飞来飞去，召集各种学术讨论，通报两国专家的研究进展，并在发达国家中为中国科学界牵线搭桥。

而作为裴德乐的工作伙伴，尧德中也在科研项目和科研经费上尽量为裴德乐提供帮助，这些事情也温暖着裴德乐的心，更加坚定了他与中国同行深化合作，长期扎根成都的决心。

# 开始了，事业上的“第二个青春”

裴德乐深深感觉到，来到四川成都，来到电子科技大学，使他这位七旬老人，真真切切开始了事业上的“第二个青春”！

生命科学与技术学院在初创阶段，依托电子科技大学在电子信息领域的传统优势和特色取得了长足的发展，是学校学科拓展战略（即把电子信息技术向生命科学领域交叉融合）的又一个增长极。自2010年裴德乐初次访问电子科技大学之后，他多次来到生命科学与技术学院参观、交流，学校和学院的一流科研平台“神经信息教育部重点实验室”，以及高度国际化且团结友爱的团队氛围等，都给他留下了深刻印象。实验室的学术方向与裴德乐的研究方向不谋而合，他的加盟，为实验室的发展注入了新的生命力。

2023年11月，裴德乐在办公室

“神经信息教育部重点实验室”只是生命科学与技术学院拥有的众多科研平台之一。到2024年，学院已有一个国家级平台“神经信息科技部国际联合研究中心”；五个省部级重点实验室及研究平台，分别是“神经信息教育部重点实验室”“神经信息国家外专局－教育部创新引智基地”“高场磁共振脑成像四川省重点实验室”“成都脑科学研究院临床医院”和“四川省脑科学与类脑智能研究院”；四个校级科研平台，分别是“信息医学研究中心”“信息生物学研究中心”“精神病学与心理学研究中心”和“医疗器械装备研究所”。上述研究机构的科研条件都达到国际先进水平。

如今，在学科方向上，生命科学与技术学院聚焦脑信息科学，形成了神经工程、神经成像、类脑智能三个研究方向。

神经工程方向重点发展脑信息获取的新方法、新技术。在脑电、磁共振和脑电结合磁共振等宏观尺度脑信息获取方面的研究中，神经工程研究团队原创的脑电零参考技术，被公认为是“最好的脑电参考”。这个脑电领域的“罗塞塔碑”被纳入脑电领域最有影响的软件平台 EEGLab、Fieldtrip、BEAPP、HAPPILEE、WeBrain 等，现已获得了国际同行的广泛使用；研发的宽频脑电采集系统，被国内外多个科研单位使用；研发的 WeBrain 被国家脑计划项目所采用。该方向着力解决相关的“卡脖子”问题，并取得了多项具有国际先进水平的研发成果。

神经成像方向侧重利用新方法新技术探究正常脑功能与难治性脑疾病的脑信息机制。该方向基于影像的催产素调控情绪障碍研究，发表的论文数量居全球第一；基于影像的癫痫脑机制研究，发表的论文数量居全球第十一、在国内居第二。神经成像方向“面向人民生命健康”，对多种难治的脑疾病的影像生物标志进行了深入研究，在多个方面取得了国际先进的研究成果。

类脑智能方向重点发展基于脑功能机制的类脑智能技术。该方向在视觉疾病机制与仿视觉机制的新型图像处理技术方面，在国内率先推出了基于高分辨脑成像的数字孪生脑模型平台；提出了整合“脑－器械”交互与“脑－器官”交互的脑器交互新方向，并创办了“脑器交互”相关的国际期刊，在应用游戏、音乐调控脑功能方面形成了鲜明的特色。该方向面向世界科技前沿，探索发展颠覆性的未来智能技术，且已取得具有国际先进水平的成果。

经过几十年的发展，电子科技大学所在的四川省在脑科学的研究方面已经形成了规模，具有了较好的基础，成为国内脑科学研究的重要高地之一，并逐步在国际上具有了影响力。作为中国西部最主要的科技创新中心，四川省聚集了电子科技大学、华西医院、四川省人民医院、成都市第四人民医院等一大批优秀研究单位，建成了多个国家级平台，形成了鲜明的脑科学与信息科学互动的研究格

2024年3月25日，古巴驻华大使白诗德和夫人访问电子科技大学（右一为裴德乐）

局，这对今后的科学研究、人才培养、产业发展十分有益。

岁月如梭，转眼之间，裴德乐在成都已经生活、工作近十年了，他与中国同行的合作十分成功，大大促进了中古科技文化甚至经贸的交流。古巴驻华大使白诗德访问成都，了解到裴德乐与电子科技大学师生们不仅科研合作成果卓著，而且宛若家人后，觉得他不仅是个科学家，还天生具有外交才华。

大使不无幽默地说："您瞧，我是古巴驻华大使，您是古巴驻四川大使！"

生命科学与技术学院从成都市中心的沙河校区搬到风景优美的清水河校区后，裴德乐夫妇也搬到了附近的电梯公寓房。

黄百灵对尧德中说："您瞧，看来老人家夫妇是铁了心要在成都扎根了。"裴德乐一搬进新宅，就完全按安家乐业的样子来布置。在玛丽亚的一手操办下，房子布置得更有品位，除了起居室、书房外，还分了工作间和娱乐房，屋内到处都布置着鲜花，墙上挂着拉美风格的油画，音响里放着他们夫妇最喜欢的古巴音乐，裴德乐还买了一台跑步机用于健身。

接着，裴德乐的女儿带着小外孙女，也从古巴来到成都与他们团聚，小孙女玛娅在附近的外国语小学就读，黄百灵据此确定，这一家人是真正下定决心扎根成都了，而不再是"似乎是这样"。

黄百灵的女儿与玛娅年龄相仿，她家也与裴德乐家相距不远，两个小家伙都喜欢音乐，一个弹钢琴，一个拉提琴，音乐使她俩很快结成好朋友。放学之后，两个小女孩就在楼下的花园里打闹嬉戏捉迷藏。两家人经常像走亲戚似的互相拜访，玛娅和她的新朋友几天不见就催促着家人尽快聚会，以便与自己的亲密伙伴见面。

2021年11月21日，裴德乐夫妇到黄百灵家与其家人一起包饺子

裴德乐一家的日常生活虽然有黄百灵和董烨芸无微不至的照顾，但自从女儿一家来成都后，玛丽亚更愿意自己下厨做饭。她最擅长的菜是雪豆加蘑菇、番茄酱炖肉，这是典型的拉美风味菜肴，一家人百吃不厌。

但在黄百灵看来，这个家庭里厨艺最好的还是裴德乐，除了做古巴家乡菜外，他的拿手好菜是当年从恩师塔里娅那里学来的墨西哥菜式。裴德乐还尝试做麻婆豆腐、回锅肉等成都特有的菜品。黄百灵也是个挑剔的美食家，她对裴德乐那古巴式川菜的味道不敢恭维，但裴德乐对于川菜的热衷也充分体现了他对成都生活的热爱。

黄百灵的丈夫陈先生是一位电脑高手。他很快成了裴德乐的好朋友，为了方便裴德乐的科研工作，他专门为裴德乐做了有关他专业研究的电子网络数据图。裴德乐对数据图很是喜欢，把它带到学校，挂在实验室的墙上，方便经常使用。

两家人经常像走亲戚一样互访，裴德乐夫妇教黄百灵做古巴菜的诀窍，她和陈先生两口子则手把手地教他们包饺子、抄手，两家人不是亲人胜似亲人。

2023 年，黄百灵不慎摔跤造成腿骨骨折住院，玛丽亚时常带着小孙女去看望。在黄百灵回家养伤时，她还特意买了一条精美的项链作为礼物送给黄百灵。

一切尽在不言中，黄百灵的心中充满感激和温暖。

# "一带一路"倡议前程辉煌

时间的齿轮来到2023年，裴德乐已经在成都长居八年，恰逢习近平主席提出"一带一路"倡议的第十个年头。这个倡议的根本出发点和落脚点，就是探索远亲近邻共同发展的新办法，开拓造福各国、惠及世界的"幸福路"。

"一带一路"倡议的前景令裴德乐十分振奋，为此他提笔给中国国家主席习近平写信，介绍自己率领的科研团队扎根成都后，在推动脑科学研究和中古神经技术合作所取得的成果。他在信中热情洋溢地表示，他将继续为促进中古友好，为"一带一路"倡议在全球更大范围落地贡献力量。

习近平主席很快作出了回复。10月30日，古巴驻华大使馆收到习近平主席的复信后，立刻电话联系了裴德乐，随后古巴驻华大使亲手将复信送到了裴德乐手上。

裴德乐没想到这么快就得到中国最高领导人"富有诗意和清晰"的答复，十分惊喜。他向他的科研团队展示了这封复信，他的即席演说也富有激情和诗意："我的人生有三个重要时刻，第一个时刻是我6岁的时候，父母就告诉我和我的双胞胎弟弟米切尔，个人的使命必须服务于全人类；第二个时刻是古巴革命领导人菲德尔打电话给我和我的双胞胎弟弟，让我们负责开发新技术，来解决古巴和拉丁美洲的大脑疾病诊断问题；第三个时刻就是收到习近平主席的这封复信的时候。在每一个这样的重要时刻，我都感受到一种责任感，那就是要更努力地为人类社会贡献力量。在‘一带一路’倡议的引导下，人类命运共同体正在加速形成……朋友们，让我们共同努力吧！”

长期以来，电子科技大学坚持实施“人才强校”和国际化发展战略，不断提升国际化办学的质量和水平，并深度参与“一带一路”倡议，取得了丰硕成果。

2022 年春节，生命科学与技术学院党委书记李文远登门给裴德乐拜年时，就带去了学院如何贯彻“一带一路”倡议的精细设想。

李文远对裴德乐说：“裴德乐教授，我们学院和‘神经信息教育部重点实验室’与古巴神经科学中心已经有了深入的国际科研合作，建立了‘中国 – 古巴神经科技转化前沿研究联合实验室’，而古巴神经科学中心作为‘古巴脑计划’的牵头单位，是国际知名的脑科学研究中心，这也就意味着我们学院和古巴都有高水平的脑科学研究学术创新平台。我有一个大胆的设想：若是双方强强联合，结合学院的优势特长，以及您在古巴的威望与号召力，我们或许可以争取古巴科学技术和环境部、古巴大使馆的支持，与古巴神经科学中心一起申报建设更高级别的‘一带一路’联合实验室。这是参照全国重点实验室建设的国家对外科技合作创新最高级别平台，一旦建成，就意味着中古两国的科学家能够实现更深入的资源共享与高水平的科技合作，为更多患有脑疾病的人们带去新希望和好消息，也能为类脑智能和脑机交互等领域的研究提供新的灵感。”

2022年1月20日，生命科学与技术学院党委书记李文远一行看望裴德乐夫妇

裴德乐连连点头，李文远的设想使他十分激动，他为李文远倒上一杯浓郁可口的咖啡，兴奋地说："我一直非常认同'一带一路'倡议，'一带一路'倡议可以加强电子科技大学的国际合作与交流，让中国与其他国家实现资源共享、优势互补，共同应对全球性挑战。李书记，您的这个主意太棒了！您再多说点，我还想了解关于申报'一带一路'联合实验室的更多信息。"

李文远微笑着说："您过奖了，我十分感谢您的理解。自从习近平主席提出'一带一路'倡议以来，中国与'一带一路'共建国家的合作建设正在如火如荼地进行，其中的科技创新合作正是我们能够有所作为的广阔天地。中国和许多国家都有深入的科技合作。我们生命科学与技术学院的优势和特长是脑科学研究，在脑机交互技术、神经系统疾病诊疗技术和类脑信息处理技术方面都处于国内领先水平。我们学院不仅创新性地结合了生物医学工程领域与电子信息领域，在国内高校中率先布局脑信息科学研究，一举拿下“科技创新 2030——重大项目”和 7 个国家级和国际级合作项目，更是在此基础上建立了包括‘神经信息科技部国际联合研究中心’等在内的高水平学术创新平台，在脑与认知神经科学领域具有明显特色和不可替代性。”

裴德乐拿出笔和本子，记下李文远所说的要点，继续专注地听他说下去：“咱们学院还汇集了一支以美国医学与生物工程院院士、英国工程技术学会会员、新西兰工程学会会员、国家领军人才、国家青年人才等为代表的师资队伍。项目、平台、人才都有了，您作为拉丁美洲科学院院士，就等您发挥在古巴的号召力，争取古巴科学技术和环境部的重视以及古巴神经科学中心的积极响应，我们一起来共同谋划和推动‘一带一路’联合实验室的申报与落地。”

在生命科学与技术学院，李文远不仅跟裴德乐“门当户对”（办公室门对门），而且在这些重大问题上两人总是“心心相印”，配合默契。裴德乐根据李文远的建议，当即在稿纸上拟出了推进这件大事的纲要，其中包括联系古巴神经科学中心、整理现有脑科学研究收集的数据、搭建数字平台实现资源共享、向古巴科学技术和环境部汇报实验室建设的设想并取得支持等。

裴德乐文思敏捷，茶几上很快堆满了一叠写得密密麻麻的稿纸，李文远看后赞赏不已，中外合作共建“一带一路”联合实验室的蓝图在他们面前徐徐展开。建设“一带一路”联合实验室，从此成为生命科学与技术学院和裴德乐的重要工作，裴德乐和同事们带领的研究生，全心全意投入其中。

李文远、裴德乐当面拟定的建设“一带一路”联合实验室规划，决非一纸空文。

春节过后，他们一起向电子科技大学领导和有关职能部门汇报了“一带一路”联合实验室的筹备情况，拿到了学校发出的合作公函。裴德乐迅速联系古巴方面，获得了古巴政府的认可和支持。古巴科学技术和环境部迅速发函表示同意和支持“一带一路”联合实验室建设，并很快批准了电子科技大学与古巴神经科学中心签署共建“一带一路”联合实验室协议。

之后不久，古巴副总理佩尔多莫访华，生命科学与技术学院副院长罗程赴京参加了相关接待活动，并见证了电子科技大学与古巴生物医药集团签署共同推动“一带一路”联合实验室建设的协议。“一带一路”联合实验室的申报与建设开始进入快车道。

2023 年 9 月，中国国家发展和改革委员会作为中方牵头部门，

2022年2月21日，裴德乐（右四）与李文远（右二）等一起讨论“一带一路”联合实验室的筹建事宜

邀请电子科技大学参加了在古巴首都哈瓦那举行的中国－古巴生物技术联合工作组第十二次会议，并指定电子科技大学代表在会议开幕式上作报告。罗程和卢竞作为学校代表赴古巴参会，介绍了中古双方在神经技术和脑器交互领域的研究和转化工作进展，并汇报了“一带一路”联合实验室的筹备情况和下一步的工作规划。这份报告得到了与会领导和代表的高度认可，“一带一路”联合实验室的筹建事宜也被写入本次会议的备忘录。

2023 年 9 月 6 日，古巴国家主席迪亚斯－卡内尔在哈瓦那接见了参加中国－古巴生物技术联合工作组第十二次会议包括电子科技大学罗程在内的中国代表团成员，卡内尔主席高度赞赏中国和古巴在生物技术领域的合作成绩，希望双方加强合作，共同落实中古双方的联合声明。

“一带一路”联合实验室不仅成为我国科学技术部对外科技合作的标志性平台，也是全国重点实验室建设在国际舞台上的重要延伸。它作为科学技术部批准并参照全国重点实验室建设的顶级对外科技合作创新平台，肩负着重要的国际交流与合作使命。

裴德乐为了“一带一路”联合实验室的建设，可谓是呕心沥血。在前期的工作中，裴德乐充分发挥了桥梁和纽带的作用，不仅有效地推动了我国科学技术部、国家自然科学基金委员会、四川省、成都市及电子科技大学同古巴、加拿大等国的深度合作与交流，也是国际科技协作的典范。这种跨国界的合作模式，将推动各方在科技创新、人才培养和成果转化等方面共同进步，为“一带一路”倡议注入了新的活力。

“一带一路”联合实验室将紧密围绕当前全球关注的脑老化问题，

将其作为主攻方向之一。脑老化是一个全球性的挑战，特别是在“一带一路”共建国家中，这一问题尤为突出。实验室通过集聚国际一流的科研团队和创新资源，深入开展脑老化相关的基础研究和应用研究，力求为解决这一全球性难题贡献中国智慧和中国方案。

此外，实验室紧跟人工智能技术的发展趋势，特别是类脑智能领域的最新进展，通过将人工智能技术与脑科学研究相结合，推动人工智能技术的创新发展和应用拓展，为“一带一路”共建国家的经济社会发展提供新的科技支撑和动力源泉。

在学院的统筹协调下，尧德中团队、裴德乐团队与其他科研团队同心协力，共同开展联合实验室的筹备工作。他们各显神通，联合世界部分地区如拉丁美洲、东南亚地区等有良好研究基础的神经科学研究机构，共同筹建了“一带一路”联合实验室。

其实，生命科学与技术学院十年来为“一带一路”倡议在教育、

2024年5月17日，电子科技大学举行高层次人才交流会，校党委书记曹萍（右）、校长胡俊（左）共同为裴德乐（中）送上进校十周年祝福

2023年11月6—7日，电子科技大学代表团参加“一带一路”科技交流大会
（右二为裴德乐，左二为胡俊）

科技领域的落地做了大量的铺垫：与 50 多个国家和地区的高校、研究机构签署了数百份合作谅解备忘录、共建联合实验室协议、学生暑期项目协议、双学位项目协议、教师海外培训协议等；累计招收长期学位留学生 2700 多人，短期来华留学交流生年均超过 500 人次；举办脑科学、电子科学与技术、人工智能等多个学科领域的高水平国际会议超过 160 场，其中，国外参会专家多达 5100 人次。同时，电子科技大学大力拓展国际交流资源与渠道，不断强化校院两级国际交流队伍建设，全校国际化氛围日益浓厚，师生参与国际交流的热情高涨，国际化办学水平不断提升。

十年来，电子科技大学不断加强对来华工作的外籍专家的关怀，为他们的工作和生活提供了良好的环境，并完善体制机制，在深入调研外籍专家的实际情况和具体需求的基础上，尽力解决外籍教师面临的急难愁盼问题，保障他们在电子科技大学安居乐业、创新奉献。目前，学校已汇集了一大批“全时”“全职”的外籍专家。

# 我们朝着一个理想进军

为了在国际上推进“一带一路”倡议落地，裴德乐不辞辛苦地奔走于世界各地，向国际同行介绍这个宏大的工程。在瑞士日内瓦召开的一次有关脑电图研究的大型国际会议上，裴德乐用了整整一个小时来阐述“一带一路”倡议的主要内容。他认为这是一个经过深思熟虑、可持续进行的国际合作理念，且完全具有可操作性。会后即有不少科学家找到裴德乐，当场表示想要加入这个计划。

裴德乐一直持续关注着各国儿童的脑健康问题，这是他早就在做的一个专题科研项目，现在他把它引入了“一带一路”的科研计划。目前，裴德乐和他的团队正在组织多国专家对营养不良、大脑康复、神经发育等课题进行深入研究，为加纳、肯尼亚、尼日利亚、卢旺达等非洲不发达国家提供帮助。

裴德乐还计划在拉美、加勒比地区和东南亚建立“‘一带一路’脑科学”的分支机构，帮助这些国家夯实科研基础，培养他们自己的科学家。他强调，尤其要让欠发达和不发达国家和地区的科研工作者树立信心，不盲目而机械地复制美国等西方发达国家的科研工作，而是根据本国实际建立自己的科研体系，自己解决自己的问题。

前景催人奋进，正是在这种形势下，裴德乐提笔向中国最高领

2023年12月13日，裴德乐参加学习习近平主席复信裴德乐教授重要复信精神青年学生主题宣讲会

导人写信，表达了对实现“一带一路”倡议宏伟目标的信心。习近平主席给裴德乐的复信在电子科技大学的外籍师生中引起了巨大反响，生命科学与技术学院的意大利籍年轻教授卢多维科·米纳蒂说：“习近平主席给裴德乐教授的复信让我感受到一种呼唤，青年科学家要把个人目标融入最终为全球社会作贡献这一纯粹而深刻的目标，并努力投身于学术研究中，造福人类，推动构建人类命运共同体。为此，我们需要科技创新，特别是追求理论进步、多学科研究并追求卓越，我深感责任与义务。国际科技合作正是裴德乐教授在其整个职业生涯和人生中孜孜以求的，我们要向他学习！”

学院2022级硕士生付坤是学院外籍专家本杰明团队的成员，得知习近平主席给裴德乐复信后深受鼓舞。他表示，得益于国家和学校的大力支持，学院大力建设国际化师资队伍，令身处外籍研究团队的学子受益匪浅，不仅体会到了跨文化交流带来的思想碰撞，也通过积极参与国际会议和学术合作，进一步坚定了自己勇攀科研高峰的决心。

学院硕士研究生周冠宇，主要从事静息态脑成像的研究，习近平主席给裴德乐复信也让他感到十分振奋。裴德乐是享誉全球的脑科学专家，他来到电子科技大学后，在脑科学领域的卓越研究成果，以及他对电子科技大学科研工作不遗余力的推动和宣传，早就让在信息与通信工程学院读本科的周冠宇感受到了脑科学研究的魅力，他十分敬佩这位来自古巴的和善的大胡子老教授。周冠宇激动地表示："在习近平主席复信的激励下，在裴德乐教授的模范作用的带领下，将有越来越多的有志青年对脑科学产生兴趣，并投入类脑科学研究的事业当中。"

中国共产党和中国政府，一直高度评价裴德乐对中国、对世界所作出的杰出贡献。

让我们回顾举国欢腾的 2019 年 10 月 1 日。

北京城花团锦簇，披上节日的盛装；天安门城楼上红灯高挂，红旗飘飘。举世瞩目的庆祝中华人民共和国成立 70 周年的盛典和阅兵式即将举行。

裴德乐夫妇应邀，和来自世界各国的贵宾站在观礼台的第一排观礼。

裴德乐神采奕奕，满面喜色，加上一身笔挺的西装、鲜红的领带、银亮的大胡子，在贵宾之中显得格外突出。而他的夫人，身穿华丽的酒红色长裙，挽着丈夫。夫妇俩望着广场上旗帜如云，人海浩瀚，激动得又说又笑。

他们激动，是因为经历过古巴革命的夫妇，深知中国革命成功多么不容易，中国的建设克服了多少难以想象的困难。一个不受列强欺凌、独立而富强的中国，怎能不让他们欢呼呢？

此时此刻，真是裴德乐一生的高光时刻。仿佛是美梦成真，能站在十四亿多中国人心中神圣的天安门前，能和这么多伟大的人并肩而立，这是怎样的荣誉？

2019年10月1日，裴德乐夫妇参加庆祝中华人民共和国成立70周年阅兵式

以下是中国政府和中国人民对电子科技大学全职教授、前古巴神经科学中心副主任、高级研究员，哈瓦那高级医学研究所高级教授，麦吉尔大学精神病学兼职教授，古巴科学院资深院士，拉丁美洲科学院院士，获得古巴最高科学成就奖卡洛斯·J. 芬莱勋章的脑科学家裴德乐的科学家地位的充分肯定和赞赏。

——几十年来，他孜孜不倦致力于脑电和磁共振理论与方法的探索，在多导联电生理分布源成像、Granger 因果连接分析、神经集群数学模型和 fMRI-EEG 融合技术等领域，取得了多项国际公认的原创性成果，作出了巨大贡献。

——他参与写作、出版的科研书籍达 30 余部，拥有 5 项国际专利。他在权威的国际学术刊物上发表学术论文 190 余篇，谷歌学术引用 10 000 余次，其中的 17 篇论文被引用超过 100 次。

——他推动了古巴、中国、加拿大联合启动脑科学合作计划，促进世界各地科学家合作共享大脑数据与信息，为脑部疾病寻找更有效的治疗方案，努力为全人类的脑科学研究贡献智慧和力量，赢得了广泛的国际声誉。

2017年，裴德乐获得了中国政府颁发的“中国政府友谊奖”；在2019年的国庆盛典上，他登上了天安门的观礼台。

巨大的荣誉，给了这位充满激情的科学家更大的动力。

2024年6月24日，又是一个阳光灿烂的日子。

全国科技大会、国家科学技术奖励大会、两院院士大会在北京召开。习近平等党和国家领导人出席大会并为获奖代表颁奖。电子科技大学共获得三项2023年度国家科学技术奖。

裴德乐偕夫人玛丽亚，步履庄重，走向雄伟壮丽的人民大会堂。他获得了中华人民共和国国际科学技术合作奖。

手捧大红奖状，裴德乐夫妇和生命科学与技术学院书记李文远一起，在人民大会堂前合影留念。

裴德乐的笑容灿烂，那是发自内心深处的幸福的自然流露。

伫立在天安门广场，有一种非常踏实的满足感。十几年来，裴德乐的满足感越来越强烈——当孩子们围着他欢呼，叫他“圣诞老爷爷”之时；当他系上围裙，为亲爱的学子烹饪古巴风味美食之时；当他站在大屏幕前，向同事们讲解一些新动态、新想法之时；当小孙女优美的小提琴声响起，让家人沉醉，让邻居驻足聆听之时……是啊，他感到很满足——自己从身体到心灵完全融入了中国！

手中的大红奖状沉甸甸的。他想起了一生崇敬的白求恩。多年来，白求恩为全人类服务的理念，一直是他心中熊熊燃烧的火炬，引导他成为一个高尚的人，一个纯粹的人，一个脱离低级趣味的人，一

2024年6月24日，裴德乐（中）获得中华人民共和国国际科学技术合作奖

个有利于人类的人。

一群鸽子在眼前飞过，在湛蓝的天空盘旋，直飞云霄。它们让裴德乐想起了风靡全球，传唱了上百年的古巴民歌《鸽子》。电子科技大学的年轻人也喜欢这一首歌曲，他们用电吉他将这首名曲演奏得无比美妙，令人陶醉。这说明，人类不仅拥有共同的审美取向，更胸怀对美好生活的一致向往。

这既是一个充满挑战的时代，也是一个充满希望的时代。在这个时代，全人类仿佛是在一条命运与共的大船上，必须同舟共济、守望相助，才能穿越惊涛骇浪，驶向光明未来。

裴德乐真想朗诵何塞·马蒂那些激情澎湃的诗篇。但此刻，裴德乐更想向中国朋友们高唱《七二六颂歌》：

我们朝着一个理想进军，

胜利一定属于我们！

（全文完）

Epilogue

# 后　　记

《老子》云 :“天下大事，必作于细。”裴德乐的中国故事，讲述的是古巴科学家裴德乐在中国工作、生活的故事。从美丽的哈瓦那到雪山下的城市成都，裴德乐往返了许多次，每一次都饱含热情，充满希望，因为，这样的往返传递的是中古两国的友谊，连接的是中古两国科技合作关系。从中不难窥见其伟大的科学精神与积极的合作意识，映照历久弥坚的中古友谊。宛如一座熠熠生辉的灯塔，在科学发展、文化交流、全球合作的星辰大海中，绽放出深邃而持久的光芒。

裴德乐来到中国这片充满活力与机遇的土地后，全情投入脑科学研究的深入探索之中，充分发挥自身专业优势，与中国团队的创新思维深度融合。在与中国科学家的紧密协作之下，他们攻克了一系列关键技术难题。这些卓越成果，为脑科学研究领域的发展带来重大突破，有力推动了行业的技术进步，在国内引起强烈反响，在国际学术界亦赢得高度赞誉。

在科学发展的宏伟征程上，裴德乐的经历无疑是跨国科学合作的典范。国界，曾经被视为难以跨越的障碍，如今已不再能阻挡科学探索的坚定步伐。在裴德乐的积极推动下，中国、古巴和加拿大联合启动了国际脑科学合作研究计划（“国际脑合作”CCC 计划），这如同强大的引擎，推动着脑科学研究以前所未有的速度阔步前行。它极大地拓展了科学探索的广阔疆域，为困扰人类的全球性科学难题开辟出充满希望的新路径。这种合作方式不仅使多个国家的科研资源得以深度整合与高效利用，中古两国的深厚情谊也在这种合作中得到了充分体现。当越来越多的科学家以裴德乐为榜样，积极投身于跨国科学合作中，科学的进步将如同汹涌澎湃的洪流，不再受限于单一国家或地区，而成为全人类共同珍视的宝贵财富。

在文化交流的层面，裴德乐的故事犹如一座坚实的桥梁，连接起不同国家丰富多彩的文化。他在中国生活和工作多年，深入领略了中国深厚的文化传统和独特的价值观念。这种文化的交流与碰撞，恰似一把开启理解与包容之门的钥匙，有力地消除了误解与偏见，让各国人民之间的友谊与信任如参天大树般茁壮成长。在“一带一路”倡议的宏大背景下，这样的文化交流如同春风化雨，滋润着全球合作的土壤，使其更加肥沃坚实。

站在全球合作的广阔视野，裴德乐的精神恰似一面飘扬的旗帜，激励着无数人投身于国际科技合作的伟大事业。他的故事向世界生动地展示了跨国科技合作所蕴含的巨大潜力与美好前景，让人们清晰地看到，通过齐心协力、共同奋斗，能够实现那些看似遥不可及的伟大目标。这种榜样力量，犹如强大的磁场，吸引着各国政府、科研机构及企业高度重视国际合作，加大了对跨国科研项目的投入与支持力度。如此一来，在构建人类命运共同体的壮丽征程中，将汇聚起更加磅礴的智慧和力量。

裴德乐与中国的故事如同一颗璀璨的星星，在“一带一路”共建国家的广袤天空中闪耀光芒，为科学的进步、文化的交流，以及中古合作乃至全球合作注入源源不断的希望与动力，引领国际合作迈向更加美好的未来。

李文远

2024 年 8 月

# 致　　谢

《裴德乐的中国故事》一书正式与广大读者见面了！能以这种方式参与共建“一带一路”，是我们的光荣。“一带一路”倡议的根本出发点和落脚点，就是探索远亲近邻共同发展的新办法，开拓造福各国、惠及世界的“幸福路”。而努力推动“一带一路”倡议在更多国家落地，为全世界更多的人带来福祉，正是本书的主人公裴德乐教授执着奋斗的目标，也是我们所有支持和参与本书创作的单位和个人共同的心愿和使命。

在这个重要的时刻，我们首先要感谢中宣部对外推广局、四川省委宣传部、四川省新闻出版局、电子科技大学党委的指导和支持。从策划、编写到最终出版，正是在他们的指导下，我们越来越深刻地认识到了“一带一路”倡议的世界意义；也正是在他们的大力支持下，我们在创作过程中更加具有面对各种困难挑战的毅力和勇气。

我们特别向电子科技大学和各职能部门对于生命科学与技术学院的建设发展给予的关心和支持表示感谢。正是在学校和各部门的大力支持下，裴德乐教授等一大批外国专家宾至如归，扎根学校这片热土，不断书写出中外科技合作的精彩篇章，也有力地推动生命科学与技术学院和学校的国际化发展。

感谢党委宣传部吕红胤、陈伟、韩云等领导和老师的悉心指导；感谢影像办公室主任邝俊老师提供高质量的图片；感谢电子科技大学出版社饶永、田江、杜倩、段勇、岳慧、韩昊等领导和老师为本书的策划和出版所作的贡献，感谢杨梦婷、刘亚莉、魏祥林、陈姝芳等老师为书稿的编辑校对所做的细致工作；感谢生命科学与技术学院尧德中教授、罗程教授的专业指导，感谢黄百灵、宋水正、刘博、唐恬悦、张莉、董烨芸、黄露、胡永南、马岚、卢竞、任鹏、卢多维科·米纳蒂等多位老师和金煜等裴德乐的学生分享他们与裴德乐交往的难忘故事并为本书的素材收集等工作所做的辛勤付出。

我们也特别感谢裴德乐和玛丽亚分享了自己人生历程中的点点滴滴，让我们有机会聆听到记忆深处最美好的回忆，并感悟到中国与世界合作交流的美好。

感谢裴德乐、玛丽亚、陈伟、邝俊、董烨芸、黄百灵、张莉、原航为本书提供了丰富的图片。

我们真诚地希望这本书能够激发更多人对共建“一带一路”、对中外文化交流的兴趣，希望本书能够促进不同领域的学术交流，促进不同文化之间的理解和尊重。

让我们一起期待，未来会有更多的“裴德乐”，用他们的故事续写中外科技合作与友好交流的新篇章。